文学之都
经典文库

文学之都经典文库

丛书主编　陈　勇

诗国南京

陈　勇　编

南京出版社

图书在版编目（CIP）数据

诗国南京 / 陈勇编. -- 南京：南京出版社，
2020.5
（文学之都经典文库）
ISBN 978-7-5533-2819-5

Ⅰ. ①诗… Ⅱ. ①陈… Ⅲ. ①诗集—中国 Ⅳ.
①I22

中国版本图书馆CIP数据核字（2020）第044417号

丛 书 名：文学之都经典文库
丛书主编：陈 勇
书 名：诗国南京
作 者：陈 勇
出版发行：南 京 出 版 社
社址：南京市太平门街53号 邮编：210016
网址：http://www.njcbs.cn 电子信箱：njcbs1988@163.com
联系电话：025-83283893、83283864（营销） 025-83112257（编务）

出 版 人：项晓宁
出 品 人：卢海鸣
责任编辑：卢海鸣 孙海彦
装帧设计：王 俊
责任印制：杨福彬

制 版：南京新华丰制版有限公司
印 刷：南京工大印务有限公司
开 本：787毫米×1092毫米 1/16
印 张：18.5
字 数：260千
版 次：2020年5月第1版
印 次：2020年11月第2次印刷
书 号：ISBN 978-7-5533-2819-5
定 价：128.00元

南京出版社
图书专营店

“文学之都经典文库”出版缘起

在著名南京籍作家叶兆言看来，“文学与城市，显然是有关系的”。他常用大诗人李白寓居南京时写下的“金陵子弟来相送，欲行不行各尽觞”这句诗，形容南京这座城市对文学的热情——一种自发的、持久的文学热情。这种热情，在一千多年后，以一种特殊的形式被全世界所认可——2019 年 10 月 31 日，南京入选世界“文学之都”。

世界“文学之都”评选是联合国教科文组织为进一步促进世界各国文学艺术的发展而组织的一项具有全球影响力的活动。南京能够成为中国首个获此殊荣的城市，与其厚重悠远的历史文化积淀密不可分。作为举世瞩目的“六朝古都”“十朝都会”，南京有着近 2500 年的建城史、约 450 年的建都史，其依山带水的特殊地理形胜和荡气回肠的城市发展史，激发了历代文人墨客不竭的创作灵感。他们在此或尽显风流，或抚今怀古，或吟咏慨叹，或指点江山，为中国乃至整个世界，留下了一批又一批不朽的精品佳作。正所谓：前朝繁盛皆为序章，今夕加冕实至名归。

数以万计的传世经典不仅是南京成功申报“文学之都”的重要砝码，同时也是先贤们留给古都南京的宝贵文化遗产，更是南京城市的一张张靓丽的“文化名片”。中国古代第一部诗歌理论专著《诗品》、第一部文学理论专著《文心雕龙》、第一部儿童启蒙读物《千字文》、现存最早的诗文总集《昭明文选》等，均诞生在南京。皇皇巨著《红楼梦》《儒林外史》《桃花扇》，也都与南京密不可分。近现代以来，鲁迅、朱自清、张恨水、张爱玲、赛珍珠等文坛巨匠也都与南京有着千丝万缕的联系。当代文学名家高晓声、陆文夫、苏童、叶兆言、毕飞宇、黄蓓佳等在南京创作了许多脍炙人口的作品。

“文学之都”桂冠，一方面是世界对南京文学资源、文化底蕴、文化氛围和创作活动的认可；另一方面，也是一种期待，一种世界对来自不同地域、不同传统、不同风格、不同语言的文学资源做进一步了解的期待。这种期待，与国家大力弘扬中华优秀传统文化的战略不谋而合。“文学之都经典文库”的出版也应运而生。

“文学之都经典文库”作为面向世界、服务当代的产物，具备三个基本特点：

一、“文库”所选作品均是中国历史上的传世佳作，均有着鲜明的“南京元素”。它们或是内容以南京为题材，或是在南京创作完成，或是在南京完成首印（首次刊刻），或是由南京人所创作。

二、“文库”所选作品尤其是古籍，均邀请国内一流学者，选择最好的版本进行整理或导读，在体现最新学术成果的同时，将作品的版本价值和文化传承价值更好地呈现给读者。

三、为了惠及更多的读者，同时考虑到现今读者的阅读习惯，“文库”所选作品，均以简体横排形式刊印，采用国际通行的开本，选用符合环保要求的纸张和工艺进行排印。

我们希望通过“文学之都经典文库”的出版，回答以下两个问题：第一，如何发挥代表中华优秀传统文化的精华——文学作品的时代价值？换句话说，如何在新时代进一步传承和创新这些中华文化的优秀成果，并在世界范围内进行传播和弘扬，普惠全人类？第二，如何利用文学载体弘扬南京优秀传统文化，促进文学与普通市民生活的有机结合，使人民群众在品味文学经典的过程中升华出更多的获得感与幸福感？

作为一项系统性的出版工程，“文库”的出版工作不可能一蹴而就，因此，我们也诚挚地邀请社会各界的朋友为“文库”的出版工作出谋划策，同时也希望“文库”的出版能得到广大读者的支持与厚爱。

前　言

陈　勇

滚滚东逝的长江，桨声灯影的秦淮河，秀美壮丽的钟山，巍然屹立的明城墙……作为中国历史上唯一一座跨越大江南北的古都，南京虎踞龙盘，山水城林齐备，具有无与伦比的吸引力与辐射力。古往今来，无数英雄豪杰、文人墨客、富商巨贾，以及外国使节、留学生、传教士、医生等，为这方水土所吸引，或建都，或创业，或定居，或求学，或传教，或行医，或游览……他们被南京的钟灵毓秀所滋养，又反过来为南京谱写出一曲曲辉煌灿烂的篇章，塑造了南京的城市风貌，丰富了南京的文化资源，成就了南京深厚的历史底蕴。

“诗言志，歌永言。”千百年来，以南京为主题的诗词宛如淙淙溪水，流淌不息。在这些诗词的创作者中，不仅有帝王将相和才子佳人，更有高僧大德和外来使节。诗词内容也极为丰富，既有描绘金陵山川形胜的写景之作，也有感慨盛衰兴亡的怀古之作；既有抒发凌云壮志的豪情之作，也有记录与友人亲朋别聚的遣兴之作。著名学者胡小石评价道，南京在文学史上可谓“诗国”。

南京在中国文学史上享有“诗国”之誉并非偶然。这座城市襟江带河、气候温润、土壤肥沃，得天独厚的自然地理环境很早就受到先民们的垂青：早在 60 万年前便有人类在此活动；距今 5000 年左右，南京城里已出现第一批居民；公元前 472 年，南京正式开启建城的历史。2500 年来，南京在中华文明史上显得与众不同——孙吴、东晋、宋、齐、梁、陈六个王朝，以及南唐、明、太平天国及中华民国，共十个王朝（政权）在此建都，因而享有“六朝古都”“十朝都会”的盛誉。在历史发展的长河中，南京阅尽人间沧桑。越城、金陵、秣陵、建业、江宁、建康、应天、天京，以及石头城、秦淮、留都、南都、龙盘虎踞、江南第一州等一个个名号，都在无言地诉说着南京的兴衰沉浮。

城市是文化的载体，文化是城市的灵魂。独特的山川形胜和特殊的历史地位，造就了南京丰富多元的历史文化传统和气质，诞生了无数英才俊彦，也给世人提供了不竭的创作灵感和源泉。谢灵运、谢朓、李白、刘禹锡、李煜、李清照、萨都剌、纳兰性德这样的大诗人大词家自不必说，朱元璋、康熙、乾隆、毛泽东等政治人物，同样写有不少有关南京的名篇佳作，沈约、文天祥、刘基、袁枚、郑板桥等不同领域的名人，也都留下了自己的传世作品。一首首诗词歌赋，瓜瓞绵绵，宛如一座座高峰矗立于中国文化高原，“诗国”南京，可谓名副其实。

文化是一个民族的精神血脉，优秀传统文化是一个民族的根与魂。南京诗词是中华优秀传统文化的重要组成部分，也是构成南京“文学之都”魅力的重要内容。南朝诗人谢朓《入朝曲》中一句“江南佳丽地，金陵帝王州”，将南京定格为一座美丽的帝王之都。而唐代诗人李白的《登金陵凤凰台》“凤凰台上凤凰游，凤去台空江自流。吴宫花草埋幽径，晋代衣冠成古丘”和刘禹锡的《乌衣巷》“朱雀桥边野草花，乌衣巷口夕阳斜。旧时王谢堂前燕，飞入寻常百姓家”，则将金陵怀古诗提升到了一个新高度。再之后，北宋两大词人——苏轼《渔家傲》中的“千古龙蟠并虎踞，从公一吊兴亡处”和王安石《桂枝香·金陵怀古》中的“六朝旧事随流水，但寒烟衰草凝绿。至今商女，时时犹唱，后庭遗曲”体现的是另一种风格的怀古伤今。南宋女词人李清照《临江仙》“春归秣陵树，人老建康城”，写出了家国剧变之际对南京的无限眷恋。元朝词人萨都剌《满江红·金陵怀古》中的“六代豪华，春去也，更无消息。空怅望，山川形胜，已非畴昔”和清代词人纳兰性德《梦江南》中的“江南好，建业旧长安”，则意境高远，尽抒盛衰兴亡之感。清代画家郑板桥《念奴娇·金陵怀古·长干里》中“淮水秋青，钟山暮紫，老马耕闲地。一丘一壑，吾将终老于此”，表达了对南京山川的无限热爱和归隐南京的愿望。而进入20世纪之后，我们仍然能读到毛泽东主席的名篇《七律·人民解放军占领南京》“钟山风雨起苍黄，百万雄师过大江。虎踞龙盘今胜昔，天翻地覆慨而慷”，革命领袖的豪迈英雄气概，展现得淋漓尽致。

本书按照作者时间先后顺序，精选创作于1949年10月1日之前的歌咏南京的作品343首，涉及作者236位。除了家喻户晓的名家名篇佳作之外，我们还增收了不少以往选本不曾收录的作家的作品。如南宋诗人翁泳“脚底江南第一州，台城北上小淹留”，丰富了南京“江南第一州”的意象；朱元璋的《江流赋》“此江遥纳千流，总兼三台之职；远尊大海，位有宰相之权。东南形胜，实为吴越之藩篱；西北胸襟，雄据楚、淮之保障”，展现了一位草莽皇帝大权在握、舍我其谁的豪情；“神策金川仪凤门，怀远清凉到石城。三山聚宝连通济，洪武朝阳定太平”，这首收录于明万历二十七年（1599）《新刻天下四民便览三台万用正宗》的《南京城》民谣，提到了明朝13座城门中的12座，具有重要的文献价值；而明代初年高丽使节郑梦周“皇都穆穆四门开，远客观光慰壮怀。日暖紫云低魏阙，春深翠柳夹官街”，以及日本明治时期（1868—1912）著名汉诗诗人大沼枕山的“一种风流吾最爱，南朝人物晚唐诗”，更是从一位“他者”的视角出发，写出了南京这座城市的别样魅力……

千载南京，文脉悠悠。就让我们跟随着《诗国南京》一书，一起来品味“文学之都”南京这座“诗国”的魅力吧！

（作者系中共南京市委常委、宣传部部长）

目　录

童谣 标题系编者所加。据《三国志》卷61《陆凯传》记载，孙吴左丞相陆凯因吴后主孙皓将都城由建业（今江苏南京）迁到武昌（今湖北鄂州），劳民伤财，引起民怨沸腾，于是借用这首童谣劝说孙皓还都建业。《建康实录》卷2《太祖下》记载为吴大帝孙权时童谣，内容略有变化："宁饮建业水，不食武昌鱼。宁就建业死，不就武昌居。"毛泽东同志《水调歌头·游泳》巧妙化用此童谣，变成了"才饮长沙水，又食武昌鱼"，以古武昌指代今武汉，赞美之情溢于言表。

宁饮建业水

童谣

宁饮建业水，不食武昌鱼。
宁还建业死，不止武昌居。

王献之（344—386） 东晋书画家、诗人。字子敬，祖籍琅琊临沂（今山东临沂），生于会稽（今浙江绍兴）。书圣王羲之第七子，少有盛名，工草隶，善书画，世称“小王”，与其父并称“二王”。有文集10卷。《桃叶歌》是乐府民歌《清商曲辞·吴声歌曲》中的一种曲调。桃叶系王献之爱妾名，王献之曾到秦淮河畔渡口迎接她，并作此歌，桃叶渡之名即源于此。

桃叶歌（三首）

王献之

桃叶复桃叶，渡江不用楫。
但渡无所苦，我自迎接汝。

桃叶复桃叶，桃树连桃根。
相怜两乐事，独使我殷勤。

桃叶映红花，无风自婀娜。
春花映何限，感郎独采我。

谢灵运（385—433） 东晋南朝诗人，古代山水诗派的开创者。原名公义，字灵运，祖籍陈郡阳夏（今河南太康），世居会稽（今浙江绍兴）。东晋名将谢玄之孙，袭封康乐公，故又称“谢康乐”。明人辑有《谢康乐集》。此诗作于南朝宋永初三年（422），描绘了他离开建康赴永嘉（今浙江温州）任太守，在方山与送行的亲友告别时的情景。

邻里相送至方山

谢灵运

祗役出皇邑，相期憩瓯越。
解缆及流潮，怀旧不能发。
析析就衰林，皎皎明秋月。
含情易为盈，遇物难可歇。
积疴谢生虑，寡欲罕所阙。
资此永幽栖，岂伊年岁别。
各勉日新志，音尘慰寂蔑。

鲍照（约405—466） 南朝宋文学家，与颜延之、谢灵运合称“元嘉三大家”。字明远，祖籍东海（今山东郯城西南）。鲍诗气骨雄健，词采华茂，对唐人有较大影响。有《鲍参军集》。这首诗大约作于南朝宋大明七年（463）初冬之际，作者以临海王特使身份入京，到达三山时写下了这首观国思家的诗篇。

还都至三山望石头城

鲍照

泉源安首流，川末澄远波。
晨光被水族，晓气歇林阿。
两江皎平迥，三山郁骈罗。
南帆望越峤，北榜指齐河。
关扃绕天邑，襟带抱尊华。
长城非壑险，峻阻似荆芽。
攒楼贯白日，摛堞隐丹霞。
征夫喜观国，游子迟见家。
流连入京引，踯躅望乡歌。
弥前叹景促，逾近倦路多。
偕萃犹如兹，弘易将谓何？

刘义康（409—451）　南朝宋彭城王。字车子，彭城（今江苏徐州）人，宋武帝刘裕第四子，封彭城王。《读曲歌》属于南朝乐府民歌《清商曲辞·吴声歌曲》中的一种，相传为彭城王刘义康所作，共89首。《古今乐录》记载，“元嘉十七年（440）袁后崩，百官不敢作声歌”，酒宴上也只是小声读曲细吟，因此名《读曲歌》。白门，原名宣阳门，是六朝都城建康的南大门，当时民间称之为“白门”。

读曲歌（八十九首选二）

刘义康

白门前，乌帽白帽来。
白帽郎，是侬良，不知乌帽郎是谁？

暂出白门前，杨柳可藏乌。
欢作沉水香，侬作博山炉。

赵文韶（生卒年不详） 南朝人。会稽（今浙江绍兴）人，生平不详。《续齐谐记》记载，赵文韶在南朝宋元嘉（424—453）中为东扶侍，官署在青溪中桥。秋夜漫步，怅然思归，唱《乌飞曲》，有女郎闻声与之唱和互赠，后知其为青溪神女。据《异苑》记载，青溪小姑，蒋侯（蒋子文）第三妹也。早夭，被配祀为神，立祠于源出钟山流入秦淮的青溪，是为青溪小姑祠。《青溪小姑曲》属乐府民歌《清商曲辞·吴声歌曲》中的《神弦歌》。

青溪小姑曲

赵文韶

开门白水，侧近桥梁。
小姑所居，独处无郎。

沈约（441—513） 南朝史学家、文学家，与谢朓共创永明体。字休文，吴兴武康（今浙江德清）人。历仕宋、齐、梁三朝，有《宋书》传世。撰《四声谱》，倡“四声八病”之说，是汉语声律奠基人之一，为近体诗的发展作出重要贡献。明人辑有《沈隐侯集》。东园为沈约居处，沈约作有《郊居赋》描述其具体情形。此诗主要流露的是作者看到荒郊野外景象所引发的萧瑟凄凉之感，甚至还杂有几分忧惧之情。

宿东园

沈约

陈王斗鸡道，安仁采樵路。
东郊岂异昔，聊可闲余步。
野径既盘纡，荒阡亦交互。
槿篱疏复密，荆扉新且故。
树顶鸣风飙，草根积霜露。
惊麖去不息，征鸟时相顾。
茅栋啸愁鸱，平岗走寒兔。
夕阴带层阜，长烟引轻素。
飞光忽我遒，岂止岁云暮。
若蒙西山药，颓龄倘能度。

谢朓（464—499） 南朝诗人，为永明体代表性诗人。字玄晖，陈郡阳夏（今河南太康）人，与谢灵运同族，时称“小谢”。曾任宣城太守，故称“谢宣城”。其诗风清逸秀丽，完全摆脱了玄言诗的影响。有《谢宣城集》。《入朝曲》属于乐府中的《鼓吹曲辞·齐随王鼓吹曲》，写于齐永明八年（490），谢朓奉随王于荆州道中，为其所作十首中的第四首。作者时年27岁，对功名事业和前途充满了信心。《晚登三山还望京邑》作于永明九年春，作者离开建康赴江陵前不久，抒发了其去国怀乡的怅惘之情。《之宣城郡出新林浦向板桥》是作者自建康乘舟去宣城赴任途中所写，时间是齐明帝建武二年（495）春。

入朝曲

谢朓

江南佳丽地，金陵帝王州。
逶迤带绿水，迢递起朱楼。
飞甍夹驰道，垂杨荫御沟。
凝笳翼高盖，叠鼓送华辀。
献纳云台表，功名良可收。

晚登三山还望京邑

谢朓

灞涘望长安，河阳视京县。
白日丽飞甍，参差皆可见。
余霞散成绮，澄江静如练。
喧鸟覆春洲，杂英满芳甸。
去矣方滞淫，怀哉罢欢宴。
佳期怅何许，泪下如流霰。
有情知望乡，谁能鬒不变。

之宣城郡出新林浦向板桥

谢朓

江路西南永，归流东北骛。
天际识归舟，云中辨江树。
旅思倦摇摇，孤游昔已屡。
既欢怀禄情，复协沧洲趣。
嚣尘自兹隔，赏心于此遇。
虽无玄豹姿，终隐南山雾。

萧衍（464—549） 即梁武帝，善文学、音乐、书法。字叔达，南兰陵（今江苏丹阳）人。晚年好佛，大建寺院，四次舍身同泰寺。在位长达48年，在南朝皇帝中列第一，因“侯景之乱”被困台城而饿死。明人辑《梁武帝御制集》。《河中之水歌》被收入《乐府诗集·杂歌谣辞》，题为梁武帝作，可能是其加工民歌而成。诗中完整饱满地塑造了“莫愁女”这个传诵千古的经典形象。

河中之水歌

萧衍

河中之水向东流，洛阳女儿名莫愁。
莫愁十三能织绮，十四采桑南陌头。
十五嫁为卢家妇，十六生儿字阿侯。
卢家兰室桂为梁，中有郁金苏合香。
头上金钗十二行，足下丝履五文章。
珊瑚挂镜烂生光，平头奴子擎履箱。
人生富贵何所望，恨不早嫁东家王。

何逊（约478—518） 南朝齐梁间诗人。字仲言，东海郯（今山东郯城）人。其诗风清冷，为时人所重。有《何水部集》。此诗写作者登石头城凭眺，对我们了解六朝时期石头城的形胜以及作者“清巧”和“形似”的风格，都很有帮助。

登石头城

何逊

关城乃形势，地险差非一。
马岭逐纡回，犬牙傍隆窣。
百雉极襟带，亿庾兼量出。
至理归无为，善守竟何恤？
眺听穷耳目，远近备幽悉。
扰扰见行人，晖晖视落日。
连樯入回浦，飞盖交长术。
天暮远山青，潮去遥沙出。
薄宦忝师表，属辞惭愈疾。
愿乘觳觫牛，还隐蒙笼室。

刘孝威（约501—548）　南朝梁诗人。彭城（今江苏徐州）人。其创作以五言诗见重于时。明人辑有《刘庶子集》。此诗是作者暮春登覆舟山（今江苏南京市内小九华山）北眺玄武湖的写景之作，流露出伤春的情感。

登覆舟山望湖北

刘孝威

紫川通太液，丹岑连少华。
堂皇更隐映，松灌杂交加。
荇蒲浮新叶，渔舟绕落花。
浴童竞浅岸，漂女择平沙。
极望伤春目，回车归狭斜。

虞骞（生卒年不详）　南朝齐梁间诗人。会稽（今浙江绍兴）人，曾任记室，官至王国侍郎。工五言诗，有文集，今不传。这首诗写作者登上钟山，极目远眺，以登高特有的视角，俯瞰山下，以景物之“小”反衬钟山之“大”。

登钟山下峰望

虞骞

冠者五六人，携手岩之际。
散意万仞端，极目千里睇。
叠岫乍昏明，浮云时卷闭。
遥看野树短，远望樵人细。

庾信（513—581） 南北朝文学家，宫体文学代表，其文风与徐陵并称“徐庾体”。字子山，小字兰成，南阳新野（今河南新野）人。官至开府仪同三司，世称“庾开府”。庾信是由南入北的知名诗人，有《庾子山集》传世，明人辑有《庾开府集》。王琳是南朝梁名将，作者在此诗中表达了自己远离故国、怀念金陵的情感，道出了自己心中的无限离愁。

寄王琳

庾信

玉关道路远，金陵信使疏。
独下千行泪，开君万里书。

阴铿（约514—约565）　南朝梁陈时诗人，与何逊并称“阴何”。字子坚，武威姑臧（今甘肃武威）人。先仕梁，入陈，官至晋陵太守、员外散骑常侍。其五言诗清新流利，以描写山水见长，艺术风格同何逊相似。此诗思路开阔，写离愁哀而不伤，情韵深婉。

晚出新亭

阴铿

大江一浩荡，离悲足几重。
潮落犹如盖，云昏不作峰。
远戍唯闻鼓，寒山但见松。
九十方称半，归途讵有踪？

徐伯阳（516—581）　南朝陈文学家。字隐忍，东海人。15岁时即以文笔著称。这首诗写与友人游钟山开善寺的所见、所闻及所感，写出佛界与俗世的不同，折射了作者的佛教思想。

游钟山开善寺

徐伯阳

聊追邺城友，蹰步出兰宫。
法侣殊人世，天花异俗中。
鸟声不测处，松吟未觉风。
此时超爱网，还复洗尘蒙。

江总（519—594） 南朝文学家。字总持，祖籍济阳考城（今河南兰考），后侨居南徐州。曾仕梁、陈、隋三朝，主要活动在陈。陈后主时，官至尚书令，故称“江令”。工于文辞，尤擅五七言诗，明人辑有《江令君集》。江总在这首诗中抒发了昔日繁华销尽、空留孤桐残柳的悲哀之情，是金陵凭吊诗的早期代表作之一。

南还寻草市宅

江总

红颜辞巩洛，白首入镮辕。
乘春行故里，徐步采芳荪。
径毁悲求仲，林残忆巨源。
见桐犹识井，看柳尚知门。
花落空难遍，莺啼静易喧。
无人访语默，何处叙寒温。
百年独如此，伤心岂复论？

陈叔宝（553—604） 即南朝陈后主。字元秀，小字黄奴，吴兴长城（今浙江长兴）人。他是陈朝也是南朝最后一位皇帝。《隋书·乐志》记载："陈后主于清乐中造《黄鹂留》及《玉树后庭花》《金钗两鬓垂》等曲，与幸臣等制其歌词，绮艳相高……"这首《玉树后庭花》，描绘宫中景象及美人，是其宫闱生活的缩影。陈亡后，"玉树后庭花"也成为亡国之音的代称。

玉树后庭花

陈叔宝

丽宇芳林对高阁，新妆艳质本倾城。
映户凝娇乍不进，出帷含态笑相迎。
妖姬脸似花含露，玉树流光照后庭。

王勃（650—676） 唐代诗人，与杨炯、卢照邻、骆宾王并称“初唐四杰”。字子安，绛州龙门（今山西河津）人，自幼被赞为神童。诗文俱佳，诗为“四杰”之冠。《滕王阁序》为其骈文代表作。此诗写于上元二年（675），其时26岁的年轻诗人自洛阳动身去交趾（今属越南）探父，途经白下（今江苏南京），与唐少府（少府系当时县尉的通称）饯别。诗中表达了对友人未来的无限期待，同时也流露出自己被贬离长安的失落感和怅惘之情。

白下驿饯唐少府

王勃

下驿穷交日，昌亭旅食年。
相知何用早，怀抱即依然。
浦楼低晚照，乡路隔风烟。
去去如何道，长安在日边。

张九龄（678—740） 唐代政治家、文学家。字子寿，韶州曲江（今广东韶关）人。累官至中书令。今存《曲江张先生文集》20卷。《经江宁览旧迹至玄武湖》是一首咏史诗，作者根据六朝遗迹，历数六朝史实，边议论边抒发深深的慨叹。

经江宁览旧迹至玄武湖

张九龄

南国更数世，北湖方十洲。
天清华林苑，日晏景阳楼。
果下回仙骑，津傍驻彩斿。
凫鸥喧凤管，荷芰斗龙舟。
七子陪诗赋，千人和棹讴。
应言在镐乐，不让横汾秋。
风俗因纾慢，江山或易由。
驹王信不武，孙叔是无谋。
佳气日将歇，霸功谁与修？
桑田东海变，麋鹿姑苏游。
否运争三国，康时劣九州。
山虽幕府在，馆岂豫章留？
水淀还相阅，菱歌亦故遒。
雄图不足问，唯想事风流。

王昌龄（约698—756） 唐代诗人。字少伯，河东晋阳（今山西太原）人，一说京兆（今陕西西安）人。开元进士，官至江宁丞。其诗擅长七绝，多写边塞军旅生活，气势雄浑，格调高昂。有《王昌龄集》传世。这是一首送别诗，写于江宁丞任上，主要笔墨在写情寄意，作者厌弃功名之情，意在言外。

送朱越

王昌龄

远别舟中蒋山暮，君行举首燕城路。
蓟门秋月隐黄云，期向金陵醉江树。

李白（701—762） 唐代诗人，被后人誉为“诗仙”，与杜甫并称“李杜”。字太白，号青莲居士，又号“谪仙人”，祖籍陇西成纪（今甘肃天水）。其诗风雄浑豪放，想象奇瑰，是中国历史上自屈原以来最富积极浪漫主义精神的伟大诗人。有《李太白集》。李白多次来到金陵，唐代诗人中数他留下的金陵诗篇最多，也多为名篇佳作。凤凰台、白鹭洲、长干里、瓦官阁、劳劳亭……都因为“诗仙”的吟咏而千秋留名。

登金陵凤凰台

李白

凤凰台上凤凰游，凤去台空江自流。
吴宫花草埋幽径，晋代衣冠成古丘。
三山半落青天外，二水中分白鹭洲。
总为浮云能蔽日，长安不见使人愁。

金陵城西楼月下吟

李白

金陵夜寂凉风发，独上高楼望吴越。
白云映水摇空城，白露垂珠滴秋月。
月下沉吟久不归，古来相接眼中稀。
解道澄江静如练，令人长忆谢玄晖。

长干行

李白

妾发初覆额，折花门前剧。
郎骑竹马来，绕床弄青梅。
同居长干里，两小无嫌猜。
十四为君妇，羞颜未尝开。
低头向暗壁，千唤不一回。
十五始展眉，愿同尘与灰。
常存抱柱信，岂上望夫台。
十六君远行，瞿塘滟滪堆。
五月不可触，猿声天上哀。
门前旧行迹，一一生绿苔。
苔深不能扫，落叶秋风早。
八月蝴蝶来，双飞西园草。
感此伤妾心，坐愁红颜老。
早晚下三巴，预将书报家。
相迎不道远，直至长风沙。

金陵酒肆留别

李白

风吹柳花满店香，吴姬压酒唤客尝。
金陵子弟来相送，欲行不行各尽觞。
请君试问东流水，别意与之谁短长？

劳劳亭歌

李白

金陵劳劳送客堂，蔓草离离生道旁。
古情不尽东流水，此地悲风愁白杨。
我乘素舸同康乐，朗咏清川飞夜霜。
昔闻牛渚吟五章，今来何谢袁家郎？
苦竹寒声动秋月，独宿空帘归梦长。

金　陵（三首选一）

李白

晋家南渡日，此地旧长安。
地即帝王宅，山为龙虎盘。
金陵空壮观，天堑净波澜。
醉客回桡去，吴歌且自欢。

登瓦官阁

李白

晨登瓦官阁，极眺金陵城。
钟山对北户，淮水入南荣。
漫漫雨花落，嘈嘈天乐鸣。
两廊振法鼓，四角吟风筝。
杳出霄汉上，仰攀日月行。
山空霸气灭，地古寒阴生。
寥廓云海晚，苍茫宫观平。
门余阊阖字，楼识凤凰名。
雷作百山动，神扶万栱倾。
灵光何足贵，长此镇吴京。

崔颢（约704—754）　唐代诗人。汴州（今河南开封）人。早期诗多写闺情，后期到了边塞，诗风变为雄浑奔放。其所作七律《黄鹤楼》传诵千古。有《崔颢集》。“长干”是南京中华门地带外秦淮河至雨花台的一片区域，南朝乐府有《长干曲》，后人的仿作内容情调都与乐府古辞类似。崔颢的《长干曲》以对话形式表现男女主人公的心境与情态，风格朴实、活泼，耐人寻味。《江畔老人愁》是一首叙事诗，有人物、情节、对话、自白，有历史事件的铺叙，也有个人命运的抒写，我们从中可以看到南朝梁陈两代的社会动乱和人民遭受的苦难。

长干曲（四首选二）

崔颢

君家何处住？妾住在横塘。
停船暂相问，或恐是同乡。

家临九江水，来去九江侧。
同是长干人，生小不相识。

江畔老人愁

崔颢

江南年少十八九，乘舟欲渡青溪口。
青溪口边一老翁，鬓眉皓白已衰朽。
自言家代仕梁陈，垂朱拖紫三十人。
两朝出将复入相，五世叠鼓乘朱轮。
父兄三叶皆尚主，子女四代为妃嫔。
南山赐田接御苑，北宫甲第连紫宸。
直言荣华未休歇，不觉山崩海将竭。
兵戈乱入建康城，烟火连烧未央阙。
衣冠士子陷锋刃，良将名臣尽埋没。
山川改易失市朝，衢路纵横填白骨。
老人此时尚少年，脱身走得投海边。
罢兵岁余未敢出，去乡三载方来旋。
蓬蒿忘却五城宅，草木不识青溪田。
虽然得归到乡土，零丁贫贱长辛苦！
采樵屡入历阳山，刈稻常过新林浦。
少年欲知老人岁，岂知今年一百五。
君今少壮我已衰，我昔少年君不睹。
人生贵贱各有时，莫见羸老相轻欺。
感君相问为君说，说罢不觉令人悲。

杜甫（712—770） 唐代诗人，有“诗圣”“诗史”之称。字子美，晚年自号少陵野老，巩县（今河南巩义）人。青年时漫游吴越，到过金陵（今江苏南京）。安史之乱时官至左拾遗。后移居成都，入剑南节度使严武幕，被荐为检校工部员外郎，故世称“杜工部”。杜甫是中国古代最伟大的现实主义诗人，许多诗篇反映了唐代由开元盛世走向衰微的历史过程。有《杜工部集》传世。这是一首送行饯别诗，写于唐肃宗乾元年间，即安史之乱爆发后不久，体现了两人的友谊，也抒发了作者的怀古感伤之情。

送许八拾遗归江宁觐省，甫昔时尝客游此县，于许生处乞瓦棺寺维摩图样，志诸篇末

杜甫

诏许辞中禁，慈颜赴北堂。
圣朝新孝理，祖席倍辉光。
内帛擎偏重，宫衣著更香。
淮阴清夜驿，京口渡江航。
春隔鸡人昼，秋期燕子凉。
赐书夸父老，寿酒乐城隍。
看画曾饥渴，追踪恨淼茫。
虎头金粟影，神妙独难忘。

皇甫冉（714—767） 唐代诗人。字茂政，润州丹阳（今江苏镇江）人。天宝十五年（756）举进士第一，大历初迁右补阙，深受名相张九龄的赏识。有《皇甫冉集》。陆鸿渐即“茶圣”陆羽。这首诗记述了陆羽的采茶活动，是很珍贵的史料。

送陆鸿渐栖霞寺采茶

皇甫冉

采茶非采菉，远远上层崖。
布叶春风暖，盈筐白日斜。
旧知山寺路，时宿野人家。
借问王孙草，何时泛碗花。

刘长卿（约718—约790） 唐代诗人。字文房，河间（今河南洛阳）人。开元进士，官终随州刺史。长于五言诗，有“五言长城”之誉。有《刘随州集》。这首诗是他任江淮转运使判官期间，南游时的作品，处处写景，又处处言情。

金陵西泊舟临江楼

刘长卿

萧条金陵郭，旧是帝王州。
日暮望乡处，云边江树秋。
楚云不可托，楚水只堪愁。
行客千万里，沧波朝暮流。
迢迢洛阳梦，独卧清川楼。
异乡共如此，孤帆难久游。

钱起（约722—约780） 唐代诗人，“大历十才子”之一，也是其中的杰出者，被誉为“大历十才子之冠”。字仲文，吴兴（今浙江湖州）人。天宝十年（751）进士，书法家怀素之叔。曾任考功郎中，故世称“钱考功”。与郎士元齐名，并称“钱郎”。钱起诗作效法王维，这首诗将作者的凄苦、迷惘之情融于景物之中，意韵深远。

早下江宁

钱起

暮天微雨散，凉吹片帆轻。
云物高秋节，山川孤客情。
霜萍留楚水，寒雁别吴城。
宿浦有归梦，愁猿莫夜鸣。

包佶（约727—792）　唐代诗人。字幼正，润州延陵（今江苏丹阳）人。天宝六年（747）及进士第。父包融，兄包何，俱以诗名。他是大历后期诗坛较有影响的人物，《全唐诗》存诗1卷。这首诗写于安史之乱后，隐含作者对陈亡的深切哀愁，也隐隐流露出对陈后主亡国的批判。

再过金陵

包佶

玉树歌终王气收，雁行高送石城秋。
江山不管兴亡事，一任斜阳伴客愁。

韩翃（约734—约779） 唐代诗人，“大历十才子”之一。字君平，南阳（今河南南阳）人。天宝十三年（754）进士，官至中书舍人。明人辑有《韩君平集》。这首送别诗情调昂扬欢快，写出了“客”返归江宁（今江苏南京）的乐趣。

送客之江宁

韩翃

春流送客不应赊，南入徐州见柳花。
朱雀桥边看淮水，乌衣巷里问王家。
千闾万井无多事，辟户开门向山翠。
楚云朝下石头城，江燕双飞瓦棺寺。
吴士风流甚可亲，相逢嘉赏日应新。
从来此地夸羊酪，自有莼羹味可人。

卢纶（748—约800）　唐代诗人，“大历十才子”之一。字允言，祖籍范阳（今河北涿州），后徙蒲州（今山西永济）。曾官检校户部郎中，有《卢户部诗集》。当时中原正值战乱纷扰之际，作者目睹金陵水营诸将但知争名宴乐，毫无危机感，表达了自己深深的忧虑。

夜泊金陵

卢纶

圆月出高城，苍苍照水营。
江中正吹笛，楼上又无更。
洛下仍传箭，关西欲进兵。
谁知五湖外，诸将但争名。

李益（约748—约828）　唐代边塞诗人。字君虞，陇西姑臧（今甘肃武威）人。大历四年（769）进士，官至礼部尚书。有《李益集》。这首诗仿乐府杂曲歌辞，以女子自述的口吻，抒写了对远出经商的丈夫的苦苦思念和怨别情绪，表达了对幸福的渴望。

长干行

李益

忆妾深闺里，烟尘不曾识。
嫁与长干人，沙头候风色。
五月南风兴，思君下巴陵。
八月西风起，想君发扬子。
去来悲如何，见少离别多。
湘潭几日到，妾梦越风波。
昨夜狂风度，吹折江头树。
淼淼暗无边，行人在何处？
好乘浮云骢，佳期兰渚东。
鸳鸯绿浦上，翡翠锦屏中。
自怜十五余，颜色桃花红。
那作商人妇，愁水复愁风。

孟郊（751—814） 唐代诗人，与贾岛齐名，世称“郊寒岛瘦”。字东野，湖州武康（今浙江德清）人。贞元进士，仕途不得意，曾任溧阳县尉。长于五言古诗和乐府，其诗作多写世态炎凉、民间苦难。有《孟东野诗集》。建业为南京古称，契公是一位高僧，全诗内涵十分丰富，虽是俗家口吻却不乏禅理禅趣。

赠建业契公

孟郊

师住青山寺，清华常绕身。
虽然到城郭，衣上不栖尘。

张籍（约768—830） 唐代诗人，其乐府诗与王建齐名，并称“张王乐府”。字文昌，原籍吴郡（今江苏苏州），少时移居和州乌江（今安徽和县）。曾任水部员外郎、国子司业，世称“张水部”“张司业”。有《张司业集》。这是一首用乐府旧题（属《清商曲辞·西曲歌》）反映商旅生活，揭露社会黑暗的佳作。

贾客乐

张籍

金陵向西贾客多，船中生长乐风波。
欲发移船近江口，船头祭神各浇酒。
停杯共说远行期，入蜀经蛮远别离。
金多众中为上客，夜夜算缗眠独迟。
秋江初月猩猩语，孤帆夜发潇湘渚。
水工持楫防暗滩，直过山边及前侣。
年年逐利西复东，姓名不在县籍中。
农夫税多长辛苦，弃业宁为贩宝翁。

刘禹锡（772—842） 唐代文学家。字梦得，洛阳（今河南洛阳）人，一作彭城（今江苏徐州）人，晚年迁太子宾客，故称“刘宾客”。诗文俱佳，其诗通俗清新，言简意赅，善用比兴手法。有《刘宾客集》。《西塞山怀古》作于长庆四年（824），作者转任和州刺史，离开夔州之时。宝历二年（826），刘禹锡在和州（今安徽和县）期间写了一组咏怀金陵古迹的七言绝句，总名《金陵五题》，其中《石头城》《乌衣巷》《台城》三首诗，历来为选评家所重。《金陵怀古》同样写于宝历二年，为作者罢和州刺史离开后返洛阳，途经金陵所作。刘禹锡的金陵怀古诗在形式和内容上进一步深化和推进了“金陵怀古”这个文学母题。

西塞山怀古

刘禹锡

王濬楼船下益州，金陵王气黯然收。
千寻铁锁沉江底，一片降幡出石头。
人世几回伤往事，山形依旧枕寒流。
从今四海为家日，故垒萧萧芦荻秋。

石头城

刘禹锡

山围故国周遭在，潮打空城寂寞回。
淮水东边旧时月，夜深还过女墙来。

乌衣巷

刘禹锡

朱雀桥边野草花，乌衣巷口夕阳斜。
旧时王谢堂前燕，飞入寻常百姓家。

台　城

刘禹锡

台城六代竞豪华，结绮临春事最奢。
万户千门成野草，只缘一曲后庭花。

金陵怀古

刘禹锡

潮满冶城渚，日斜征虏亭。
蔡洲新草绿，幕府旧烟青。
兴废由人事，山川空地形。
后庭花一曲，幽怨不堪听。

白居易（772—846） 唐代诗人。字乐天，晚年号香山居士，祖籍山西太原。贞元十六年（800）进士，官至刑部尚书。白居易与元稹共同倡导新乐府运动，世称“元白”，与刘禹锡并称“刘白”。其诗作具有强烈的现实主义精神，清新明快又通俗易懂。有《白氏长庆集》。此诗作于唐文宗大和四年（830），又题作《池上赠韦山人》。韦处士即白居易的“山水友”平泉客韦楚，也称“韦山人”“韦征君”，作者有不少诗作提到此人。

赠钟山韦处士

白居易

新竹夹平流，新荷拂小舟。
众皆嫌拙好，谁肯伴闲游。
客为忙多去，僧因饭暂留。
尤怜韦处士，尽日共悠悠。

元稹（779—831） 唐代诗人。字微之，洛阳（今河南洛阳）人。新乐府运动的主要倡导者之一，与白居易并称“元白”。有《莺莺传》传奇和《元氏长庆集》。

和友封题开善寺

元稹

梁王开佛殿，云构岁时遥。
珠缀飞闲鸽，红泥落碎椒。
灯笼青焰短，香印白灰销。
古匣收遗施，行廊画本朝。
藏经沾雨烂，魔女捧花娇。
亚树牵藤阁，横查压石桥。
竹荒新笋细，池浅小鱼跳。
匠正琉璃瓦，僧锄芍药苗。
旋蒸茶嫩叶，偏把柳长条。
便欲忘归路，方知隐易招。

张祜（约785—约849）　唐代诗人。字承吉，清河（今河北邢台）人。终生未仕。工诗，多纪游题咏之作，《全唐诗》收录其诗歌300余首。

过石头城

张祜

累累墟墓葬西园，六代同归蔓草根。
唯是岁华流尽处，石头城下水千痕。

玉树后庭花

张祜

轻车何草草，独唱后庭花。
玉座谁为主，徒悲张丽华。

许浑（约788—858）　唐代诗人。字用晦，一字仲晦，润州丹阳（今江苏丹阳）人。性爱山水，长于律体和绝句，所作诗词颇受韦庄推崇，有“江南才子许浑诗，字字清新句句奇”之语。有《丁卯集》。这首诗借陈后主荒淫亡国之事，寄托吊古伤今的无限感慨之情。

金陵怀古

许浑

玉树歌残王气终，景阳兵合画楼空。
松楸远近千官冢，禾黍高低六代宫。
石燕拂云晴亦雨，江豚吹浪夜还风。
英雄一去豪华尽，唯有青山似洛中。

李贺（790—816）　唐代诗人，有“诗鬼”之称，与李白、李商隐并称“三李”。字长吉，昌谷（今河南宜阳）人，后世称“李昌谷”。善写乐府，想象奇特，语言瑰丽，有名于时，是中唐浪漫主义诗人的代表，又是中晚唐诗风转变期的重要人物。有《昌谷集》。江潭苑是梁武帝大同九年（543）所建的皇家园林，位于古上元县东南20里处。这组诗绘声绘色地描绘了宫女出猎图，暗含对帝王奢靡的讽喻和对宫女命运的关切。

追赋画江潭苑四首（选二）

李贺

吴苑晓苍苍，宫衣水溅黄。
小鬟红粉薄，骑马佩珠长。
路指台城迥，罗薰裤褶香。
行云沾翠辇，今日似襄王。

十骑簇芙蓉，宫衣小队红。
练香熏宋鹊，寻箭踏卢龙。
旗湿金铃重，霜干玉镫空。
今朝画眉早，不待景阳钟。

杜牧（803—852） 唐代诗人、散文家。字牧之，号樊川居士，京兆万年（今陕西西安）人。诗与李商隐齐名，世有“小李杜”之称。擅写七言绝句，其写景抒情小诗，清丽生动。著有《樊川文集》。《江南春》这首绝句，从大处落墨，取远景而不计细部，显得广阔、深远而又多彩。《泊秦淮》这首诗，写作者乘舟夜泊秦淮，感慨万端，抒兴亡感，为千古绝唱。

江南春

杜牧

千里莺啼绿映红，水村山郭酒旗风。
南朝四百八十寺，多少楼台烟雨中。

泊秦淮

杜牧

烟笼寒水月笼沙，夜泊秦淮近酒家。
商女不知亡国恨，隔江犹唱后庭花。

温庭筠（约812—870） 唐代诗人、词人。原名岐，字飞卿，太原祁（今山西祁县）人。诗与李商隐齐名，时称“温李”；词为“花间词派”鼻祖。现存词在唐人中最多，对词的发展影响很大。有《温飞卿集》。《谢公墅歌》颂扬了谢安临危不惧，指挥击退前秦苻坚之事。《台城晓朝曲》则是难得的描述六朝宫城（台城）上朝情景的诗歌。

谢公墅歌

温庭筠

朱雀航南绕香陌，谢郎东墅连春碧。
鸠眠高柳日方融，绮榭飘飖紫庭客。
文楸方罫花参差，心阵未成星满池。
四座无喧梧竹静，金蝉玉柄俱支颐。
对局含颦见千里，都城已得长蛇尾。
江南王气系疏襟，未许苻坚过淮水。

台城晓朝曲

温庭筠

司马门前火千炬，阑干星斗天将曙。
朱网龛驂丞相车，晓随叠鼓朝天去。
博山镜树香丰茸，袅袅浮航金画龙。
大江敛势避宸极，两阙深严烟翠浓。

李商隐（813—858） 唐代诗人。字义山，号玉溪生，原籍怀州河内（今河南沁阳）。其诗富有文采，构思精密，情致婉曲，独具风格。有《李义山诗集》。这首《咏史》是李商隐咏史诗的杰作，侧重咏南朝之史以寄寓讽谏。《南朝》是李商隐晚年游金陵时留下的佳作，作者以白描手法，着重选取了南朝贵族荒淫逸乐的史实以表现其亡国破家有其必然原因。

咏 史

李商隐

北湖南埭水漫漫，一片降旗百尺竿。
三百年间同晓梦，钟山何处有龙盘？

南 朝

李商隐

玄武湖中玉漏催，鸡鸣埭口绣襦回。
谁言琼树朝朝见，不及金莲步步来。
敌国军营漂木柹，前朝神庙锁烟禖。
满宫学士皆颜色，江令当年只费才。

罗隐（约833—909） 唐代文学家。原名横，字昭谏，新登（今浙江桐庐）人。因屡试不第，遂改名为隐。晚年依吴越王钱镠，官至谏议大夫。有《罗昭谏集》。此诗是作者晚年于暮春时登上元县（即金陵）石头城旧址所作，抒发了作者怀古伤今之情。

春日登上元石头故城

罗隐

万里伤心极目春，东南王气只逡巡。
野花相笑落满地，山鸟自惊啼傍人。
谩道城池须险阻，可知豪杰亦埃尘。
太平寺主惟轻薄，欲把三公与贼臣。

皮日休（约834—约883）　唐代文学家，诗文与陆龟蒙齐名，世称“皮陆”。字逸少，后改袭美，竟陵（今湖北天门）人。曾居住在鹿门山，自号鹿门子。有《皮子文薮》。栖霞寺位于今江苏南京东北栖霞山中峰西麓，始建于南齐永明初，原为南齐人明僧绍的居舍，后改建为寺。明僧绍是隐士，时人称之为“居士”。这首诗歌颂隐逸，表达了作者对于世事的不满和鞭笞。

游栖霞寺

皮日休

不见明居士，空山但寂寥。
白莲吟次缺，青霭坐来销。
泉冷无三伏，松枯有六朝。
何时石上月，相对论逍遥。

陆龟蒙（？—881） 唐代文学家，与皮日休齐名，世称“皮陆”。字鲁望，号天随子、江湖散人、甫里先生，长洲（今江苏苏州）人。曾任湖州、苏州刺史幕僚，后隐居松江甫里。有《甫里先生集》。景阳宫井，又称胭脂井、辱井，是南朝陈景阳宫中的一口井。这首咏史诗将吟咏的聚焦点放在一代君王沉坠、一代王朝覆灭的景阳宫井，我们从中可以体会到作者深沉痛苦的情感。

景阳宫井

陆龟蒙

古堞烟埋宫井树，陈主吴姬堕泉处。
舜没苍梧万里云，却不闻将二妃去。

张读（834或835—约882）　唐代文学家。字圣用，深州陆浑（今河北衡水）人。有《建中西狩录》10卷、《宣室志》10卷。此诗是张读传奇小说《宣室志·陆乔》故事中的一段。标题为编者所加。

六　代

张读

六代旧江川，兴亡几百年。
繁华今寂寞，朝市夕喧阗。
夜月琉璃水，春风卵色天。
伤时与怀古，垂泪国门前。

韦庄（约836—910） 唐、五代（前蜀）诗人、词人。字端己，京兆杜陵（今陕西西安）人。长篇叙事诗《秦妇吟》有名于世。有《浣花集》。唐代南京被贬抑，一度称为上元县。《上元县》一诗即作者有感而发。台城是东晋南朝宫城，毁于隋灭陈之战。《台城》这首怀古诗是韦庄游览台城遗址后所写，在描绘景物的同时，显示出伤古之情。蒋帝即蒋子文，死后成神，孙权封他为中都侯，并为他立庙，南朝齐加封为蒋帝。《谒蒋帝庙》这首咏史诗明为叹息晋室的偏安，实则哀叹唐的衰败，生活于晚唐的作者在诗中表达了忧国之心的痛切与深沉。

上元县

韦庄

南朝三十六英雄，角逐兴亡尽此中。
有国有家皆是梦，为龙为虎亦成空。
残花旧宅悲江令，落日青山吊谢公。
止竟霸图何物在，石麟无主卧秋风。

台　城

韦庄

江雨霏霏江草齐，六朝如梦鸟空啼。
无情最是台城柳，依旧烟笼十里堤。

谒蒋帝庙

韦庄

建业城边蒋帝祠，素髯清骨旧风姿。
江声似激秦军破，山势如匡晋祚危。
残雪岭头明组练，晚霞檐外簇旌旗。
金陵客路方流落，空祝回銮奠酒卮。

李山甫（约836—约900）　唐代诗人。生平不详。累举进士不第，后归隐河东。文笔雄健，名著一方。上元即今江苏南京。《上元怀古》两首诗表达了作者对王朝兴替的感慨之情。其中第一首诗深得朱元璋的喜爱，据说他称帝后，经常吟诵这首诗，以告诫自己保持富贵不淫的平民本色。

上元怀古（二首）

李山甫

南朝天子爱风流，尽守江山不到头。
总是战争收拾得，却因歌舞破除休。
尧行道德终无敌，秦把金汤可自由？
试问繁华何处有，雨苔烟草石城秋。

争帝图王德尽衰，骤兴驰霸亦何为。
君臣都是一场笑，家国共成千秋悲。
排岸远樯森似槊，落波残照赫如旗。
今朝城上难回首，不见楼船索战时。

唐彦谦（约841—约893） 唐代文学家。字茂业，自号鹿门先生，并州晋阳（今山西太原）人。有《鹿门集》。清凉寺在金陵（今江苏南京）城西清凉山上。第一首诗着重描绘了清凉寺的景，可以看出作者向往佛教的虚无世界。第二首诗描绘王导墓的荒凉之景，表达了对王导的敬仰和对世事兴废的感伤之情。

游清凉寺

唐彦谦

白云红树路纡萦，古殿长廊次第行。
南望水连桃叶渡，北来山枕石头城。
一尘不到心源净，万有俱空眼界清。
竹院逢僧旧曾识，旋披禅衲为相迎。

过清凉寺王导墓下

唐彦谦

江左风流廊庙人，荒坟抛与梵宫邻。
多年羊虎犹眠石，败壁貂蝉只贮尘。
万古云山同白骨，一庭花木自青春。
永思陵下犹凄切，废屋寒风吹野薪。

杜荀鹤（846—904） 唐末诗人。字彦之，号九华山人，池州石埭（今安徽池州）人，自称“江湖苦吟士，天地最穷人”。有《唐风集》3卷。桧树本是高大的树木，金陵城西南的瓦官寺内有棵矮桧树，作者感到奇特，写了这首咏物诗，赞美矮桧方正质朴的品格，也是自喻。

题瓦官寺真上人院矮桧

杜荀鹤

天生仙桧是长材，栽桧希逢此最低。
一自旧山来砌畔，几番凡木与云齐。
迥无斜影教僧踏，免有闲枝引鹤栖。
今日偶题题似着，不知题后更谁题。

崔致远（857—？） 新罗学者、诗人，朝鲜汉文文学的奠基人。字孤云，一字海云，新罗王京沙梁部（今韩国庆尚北道庆州）人。12岁时入唐留学，长住16年。著有《桂苑笔耕集》20卷。其任溧水县尉三年期间，著有《中山覆篑集》5卷，已不存。双女坟位于唐代溧水县南招贤馆前，可能为崔致远任溧水县尉时所作。现双女坟遗迹尚存，位于今江苏南京市高淳区境内。

双女坟

崔致远

草暗尘昏双女坟，古来名迹竟谁闻？
唯伤广野千秋月，空锁巫山两片云。
自恨雄才为远吏，偶来孤馆寻幽邃。
戏将词句向门题，感得仙姿侵夜至。
红锦袖，紫罗裙，坐来兰麝逼人薰。
翠眉丹颊皆超俗，饮态诗情又出群。
对残花，倾美酒，双双妙舞呈纤手。
狂心已乱不知羞，芳意试看相许否？
美人颜色久低迷，半含笑态半含啼。
面热自然心似火，脸红宁假醉如泥？
歌艳词，打欢合，芳宵良会应前定。
才闻谢女启清谈，又见班姬抽雅咏。
情深意密始求亲，正是艳阳桃李辰。

明月倍添衾枕恩，香风偏惹绮罗身。
绮罗身，衾枕恩，幽欢未已离愁至。
数声余歌断孤魂，一点残灯照双泪。
晓天鸾鹤各西东，独坐思量疑梦中。
沉思疑梦又非梦，愁对朝云归碧空。
马长嘶，望行路，狂生犹再寻遗墓。
不逢罗袜步芳尘，但见花枝泣朝露。
肠欲断，首频回。泉户寂寥谁为开？
顿辔望时无限泪，垂鞭吟处有余哀。
暮春风，暮春日，柳花撩乱迎风疾。
常将旅思怨韶光，况是离情念芳质。
人间事，愁杀人，始闻达路又迷津。
草没铜台千古恨，花开金谷一朝春。
阮肇刘晨是凡物，秦皇汉帝非仙骨。
当时嘉会杳难追，后代遗名徒可悲。
悠然来，忽然去，是知风雨无常主。
我来此地逢双女，遥似襄王梦云雨。
大丈夫，大丈夫，
壮气须除儿女恨，莫将心事恋妖狐。

李建勋（872—952） 南唐诗人。字致尧，广陵（今江苏扬州）人。南唐开国元勋，赐号“钟山公”。有《钟山集》20卷。这两首诗均表达了作者安于恬淡闲适生活。

钟山避暑

李建勋

楼台虽少景何深，满地青苔胜布金。
松影晚留僧共坐，水声闲与客同寻。
清凉会拟归莲社，沉湎终须弃竹林。
长爱琴床经案上，石窗秋霁见千岑。

金陵所居青溪草堂闲兴

李建勋

窗外皆连水，杉松欲作林。
自怜趋竞地，独有爱闲心。
素壁题看遍，危冠醉不簪。
江僧暮相访，帘卷见秋岑。

韩熙载（902—970） 南唐名臣、文学家，与徐铉并称“韩徐”。字叔言，潍州北海（今山东潍坊）人。官至南唐吏部员外郎、太常博士。有《拟议集》《格言》等，今皆佚失。《全唐文》《全唐诗》等有其诗文。无想寺始建于六朝中期，在今江苏南京市溧水区无想山，被称为“溧水第一名胜”。此诗展现了作者沉浸在群山环抱、古寺幽深的“无想”之境，向往山水林泉的生活，呈现了与《韩熙载夜宴图》很不一样的另一面。

赠无想寺僧

韩熙载

无想景幽远，山屏四面开。
凭师领鹤去，待我挂冠来。
药为依时采，松宜绕舍栽。
林泉自多兴，不是效刘雷。

冯延巳（约903—960） 南唐词人。又名延嗣，字正中，广陵（今江苏扬州）人。官至同平章事（即宰相）。他的词多写闲情逸致，语言清丽，对北宋初期的词人有比较大的影响。有词集《阳春集》传世。这首词写梦醒后所思，以离别者的身份，回忆离别情景，意境幽深。

喜迁莺

冯延巳

宿莺啼，乡梦断，春树晓朦胧。残灯吹烬闭朱栊，人语隔屏风。

香已寒，灯已绝，忽忆去年离别。石城花雨倚江楼，波上木兰舟。

徐铉（916—991）　南唐至北宋初年书法家、学者、诗人。字鼎臣，扬州广陵（今江苏扬州）人，仕南唐，官至吏部尚书。其文章议论与韩熙载齐名，与弟徐锴合称“大小二徐”。精通文字学，受诏校定《说文解字》。有《徐公文集》。唐宋以前白鹭洲指的是今江苏南京城西南由于江流淤积形成的沙洲。这首诗写的是徐铉于白鹭洲边送友人陈秘监归泉州，以江鸥形象贯穿全诗，写景、抒情和言志融于一体。

又题白鹭洲江鸥送陈君

徐铉

白鹭洲边江路斜，轻鸥接翼满平沙。
吾徒来送远行客，停舟为尔长叹息。
酒旗渔艇两无猜，月影芦花镇相得。
离筵一曲怨复清，满座消魂鸟不惊。
人生不及水禽乐，安用虚名上麟阁。
同心携手今如此，金鼎丹砂何寂寞。
天涯后会渺难期，从此又应添白髭。
愿君不忘分飞处，长保翩翩洁白姿。

李煜（937—978） 南唐最后一位国君，世称南唐后主。初名从嘉，字重光，号钟隐，祖籍彭城（今江苏徐州）。李煜擅书画、通音律，诗文均有造诣，尤以词的成就最高。亡国后词作更是题材广阔，含意深沉，对后世词坛影响深远。有《南唐二主词》（与其父李璟作品合刻）传世。这几首诗词皆为失国后所作，思想与艺术价值都很高。《渡中江望石城泣下》是李煜成了俘虏后，被宋军押送渡江北上时抒发内心愁苦和亡国之痛的一首哀歌，质朴无华又情真意切。《望江梅》是李煜亡国入宋后的记梦之作，借梦境追忆江南的春花与秋月，表达囚居生活中的故国情思和现实痛苦。《浪淘沙》写李煜失国后思念故国的凄苦之情。《破阵子》不假辞藻之美，不见着力之迹，全以自然之笔，大胆写纯真之情，一代君主变为阶下囚的真实感情有如血泪凝铸而成。《虞美人》是李煜的代表作，被前人誉为“词中之帝”，是他在宋都汴京（今河南开封）被毒死前夕所作的“绝命词”，抒发了亡国之君与绝代才人最后的心声。

渡中江望石城泣下

李煜

江南江北旧家乡，三十年来梦一场。
吴苑宫闱今冷落，广陵台殿已荒凉。
云笼远岫愁千片，雨打归舟泪万行。
兄弟四人三百口，不堪闲坐细思量。

望江梅（二首）

李煜

闲梦远，南国正芳春。船上管弦江面绿，满城飞絮混轻尘。忙杀看花人。

闲梦远，南国正清秋。千里江山寒色远，芦花深处泊孤舟。笛在月明楼。

浪淘沙

李煜

往事只堪哀，对景难排。秋风庭院藓侵阶。一桁朱帘闲不卷，终日谁来？
金锁已沉埋，壮气蒿莱。晚凉天净月华开。想得玉楼瑶殿影，空照秦淮！

破阵子

李煜

四十年来家国，三千里地山河。凤阁龙楼连霄汉，玉树琼枝作烟萝，几曾识干戈？

一旦归为臣虏，沈腰潘鬓消磨。最是仓皇辞庙日，教坊犹奏别离歌，垂泪对宫娥。

虞美人

李煜

春花秋月何时了？往事知多少！小楼昨夜又东风，故国不堪回首月明中。

雕栏玉砌应犹在，只是朱颜改。问君能有几多愁？恰似一江春水向东流。

林逋（967—1028）　北宋诗人。字君复，钱塘（今浙江杭州）人。早年漫游江淮间，后归杭州，隐居西湖孤山20年，终生不仕不娶，喜植梅养鹤，时称“梅妻鹤子”。卒后宋仁宗赐谥“和靖先生”。其诗风格淡远，有《和靖先生集》。

台城寺水亭

林逋

金井前朝事，林僧问不知。
绿苔欹破阁，白鸟占闲池。
清楚曾经晋，荒唐直到隋。
南廊一声磬，斜照独凝思。

张先（990—1078） 北宋词人，婉约派代表人物。字子野，湖州乌程（今浙江湖州）人。曾任安陆知县，人称“张安陆”。他的词语言工巧，人称“张三中”“张三影”。喜作慢词，对词的形式发展起过一定作用。有《张子野集》。

玉树后庭花

张先

宝床香重春眠觉，魫窗难晓。新声丽色千人，歌后庭清妙。
青骢一骑来飞鸟，靓妆难好。至今落日寒蟾，照台城秋草。

梅尧臣（1002—1060）　北宋诗人。字圣俞，宣城（今安徽宣城）人，因宣城古称宛陵，世称“宛陵先生”。其诗风格古淡，对宋代诗风转变影响很大，与欧阳修同为北宋前期诗文革新运动领袖。有《宛陵先生文集》。长芦江，因长江边长芦寺而得名，长芦寺附近江面（今江苏南京八卦洲北）当时为长江主航道。宋仁宗景祐元年（1034），梅尧臣由河阳县（今属河南）迁知建德县（今属安徽），赴任时顺道返乡，经长芦江而作此篇。全诗按照自然的时空顺序，脉络分明，表现了作者临近家乡的喜悦心情。

早渡长芦江

梅尧臣

带月出寒浦，残星浸水渍。
帆开风色正，舟急浪花分。
雾气横江白，鸡声隔岸闻。
天晴建业近，钟岫起孤云。

王安石（1021—1086）　北宋政治家、文学家。字介甫，号半山，临川（今江西抚州）人。庆历二年（1042）进士，神宗朝两度任相，实行变法。封舒国公，后改封荆国公，晚居金陵（今江苏南京），诗文皆有成就。著有《王临川集》《临川集拾遗》。王安石与金陵渊源很深，青年时在金陵读书，后曾三度任职江宁。《泊船瓜洲》写于熙宁八年（1075）早春，正是王安石第二次拜相进京之时。《桂枝香·金陵怀古》作于王安石第二次被罢相、出知江宁府时期。《南乡子》《游钟山》《定林》是王安石晚年罢居金陵时所作。

泊船瓜洲

王安石

京口瓜洲一水间，钟山只隔数重山。
春风又绿江南岸，明月何时照我还。

桂枝香·金陵怀古

王安石

登临送目，正故国晚秋，天气初肃。千里澄江似练，翠峰如簇。归帆去棹残阳里，背西风酒旗斜矗。彩舟云淡，星河鹭起，画图难足。

念往昔，繁华竞逐。叹门外楼头，悲恨相续。千古凭高对此，漫嗟荣辱。六朝旧事随流水，但寒烟衰草凝绿。至今商女，时时犹唱，后庭遗曲。

南乡子

王安石

自古帝王州，郁郁葱葱佳气浮。四百年来成一梦，堪愁。晋代衣冠成古丘。
绕水恣行游，上尽层城更上楼。往事悠悠君莫问，回头。槛外长江空自流。

游钟山

王安石

终日看山不厌山，买山终待老山间。
山花落尽山常在，山水空流山自闲。

定　林

王安石

漱甘凉病齿，坐旷息烦襟。
因脱水边屦，就敷岩上衾。
但留云对宿，仍值月相寻。
真乐非无寄，悲虫亦好音。

郭祥正（1035—1113） 北宋诗人。字功父，宋太平州当涂（今安徽当涂）人。少有诗才，被时人誉为“天才如此，真太白后身”。有《青山集》。这首诗是作者陪同王安石登临凤凰台，追次李白《登金陵凤凰台》诗韵的怀古之作。

同荆公登金陵凤凰台追次太白韵

郭祥正

高台不见凤凰游，浩浩长江入海流。
舞罢青娥同去国，战残白骨尚盈邱。
风摇落日催行棹，潮拥新沙换故洲。
结绮临春无处觅，年年芳草向人愁。

苏轼（1037—1101） 北宋文学家、书画家。字子瞻，号东坡居士，眉山（今四川眉山）人。与父洵、弟辙合称“三苏”，同属“唐宋八大家”。与黄庭坚并称“苏黄”。词开豪放一派，与辛弃疾称“苏辛”。有《东坡七集》《东坡乐府》等传世。苏轼40多年的创作生涯，留下了2700多首诗、300多首词以及卷帙浩繁的散文作品，数量与质量都为北宋文学家的杰出代表。苏轼在乌台诗案后被贬黄州（今湖北黄冈），后改贬汝州（今属河南），元丰七年（1084）顺江而下，经金陵（今江苏南京），会晤了已退隐在家的宰相王安石，写下了《同王胜之游蒋山》《渔家傲》《次荆公韵四绝》等诗词。

同王胜之游蒋山

苏轼

到郡席不暖，居民空惘然。
好山无十里，遗恨恐他年。
欲款南朝寺，同登北郭船。
朱门收画戟，绀宇出青莲。
夹路苍髯古，迎人翠麓偏。
龙腰蟠故国，鸟爪寄层巅。
竹杪飞华屋，松根泫细泉。
峰多巧障日，江远欲浮天。
略彴横秋水，浮图插暮烟。
归来踏人影，云细月娟娟。

渔家傲

苏轼

金陵赏心亭送王胜之龙图。王守金陵，视事一日，移南郡。

千古龙蟠并虎踞，从公一吊兴亡处。渺渺斜风吹细雨。芳草渡，江南父老留公住。

公驾风车凌彩雾，红鸾骖乘青鸾驭。却讶此洲名白鹭。非吾侣，翩然欲下还飞去。

次荆公韵四绝（选二）

苏轼

骑驴渺渺入荒陂，想见先生未病时。
劝我试求三亩宅，从公已觉十年迟。

甲第非真有，闲花亦偶栽。
聊为清净供，却对道人开。

公病后舍宅作寺。

秦观（1049—1100） 北宋词人，苏门四学士之一。字少游，一字太虚，号淮海居士。高邮（今江苏高邮）人。其词清丽和婉，颇有情致。《木兰花慢》是秦观熙宁九年（1076）赴江南访友，归程经金陵时所作，羁旅、悲秋互相交错、映衬，基调低沉哀婉，含蓄空灵。《还自汤泉十四韵》是作者从汤泉（今江苏南京浦口汤泉）回高邮时所作，可分为记物、叙事、言兴三部分。

木兰花慢

秦观

过秦淮旷望，迥潇洒，绝纤尘。爱清景风蛩，吟鞭醉帽，时度疏林。秋来政情味淡，更一重烟水一重云。千古行人旧恨，尽应分付今人。

渔村，望断衡门。芦荻浦，雁先闻。对触目凄凉，红凋岸蓼，翠减汀蘋。凭高正千嶂黯，便无情到此也销魂。江月知人念远，上楼来照黄昏。

还自汤泉十四韵

秦观

岁晚倦城郭，联骖度嵳峨。
天黄云脚乱，村黑鸟翎讹。
潦水侵生路，晴天落漫坡。
澄江练不卷，温井鉴新磨。
渔火分星远，沙鸥散点多。
霸祠题玉箸，龙窟受金波。
琬琰存吴事，儿童记楚歌。
孤龛瘦居士，双塔老头陀。
飞鼠鸣深穴，胡蜂结巧窠。
晚参园白足，昏梵礼青螺。
云驭沉荒甃，仙舂没浅莎。
仗藜从莫逆，谈笑入无何。
惨淡日连雾，萧骚风转阿。
华清俄梦断，回首失烟萝。

贺铸（1052—1125）　北宋文学家。字方回，晚号庆湖遗老，卫州（今河南汲县）人。博学强记，长于度曲，有《东山词》《庆湖遗老集》。《秦淮夜泊》写作者夜泊秦淮，触景生情，思绪万千。《水调歌头·台城游》则吊古抒怀，感叹历史的兴替和人世的变迁。

秦淮夜泊

贺铸

官柳动春条，秦淮生暮潮。
楼台见新月，灯火上双桥。
隔岸开朱箔，临风弄紫箫。
谁怜远游子，心旆正摇摇。

水调歌头·台城游

贺铸

南国本潇洒，六代浸豪奢。台城游冶，襞笺能赋属宫娃。云观登临清夏，璧月留连长夜，吟醉送年华。回首飞鸳瓦，却羡井中蛙。

访乌衣，成白社，不容车。旧时王谢，堂前双燕过谁家。楼外河横斗挂，淮上潮平霜下，樯影落寒沙。商女篷窗罅，犹唱后庭花。

张耒（1054—1114） 北宋文学家，“苏门四学士”之一。字文潜，号柯山，楚州淮阴（今江苏淮安）人。有《张右史文集》，词有赵万里辑《柯山诗余》。《怀金陵》像一幅清新、质朴的写意画，回忆早年的金陵之游。《赏心亭》是一首感叹物是人非的怀古伤今之作。

怀金陵

张耒

曾作金陵烂漫游，北归尘土变衣裘。
芰荷声里孤舟雨，卧入江南第一州。

赏心亭

张耒

楫迎桃叶家何处，桨送莫愁人已非。
独立东风今古恨，春江无语又斜晖。

周邦彦（1056—1121） 北宋词人。字美成，号清真居士，钱塘（今浙江杭州）人。精通音律，对词乐的发展多有贡献，被誉为“词家之冠”。今存《片玉集》。哲宗元祐八年（1093），周邦彦为溧水令，《满庭芳·夏日溧水无想山作》是他在溧水任上所作，通过对不同景物的描写抒发人到中年的感伤情怀。《西河·金陵怀古》通过情景描写，抒发了作者对南京沧桑兴废的感叹。

满庭芳·夏日溧水无想山作

周邦彦

风老莺雏，雨肥梅子，午阴嘉树清圆。地卑山近，衣润费炉烟。人静乌鸢自乐，小桥外，新绿溅溅。凭栏久，黄芦苦竹，疑泛九江船。

年年如社燕，飘流瀚海，来寄修椽。且莫思身外，长近尊前。憔悴江南倦客，不堪听急管繁弦。歌筵畔，先安簟枕，容我醉时眠。

西河·金陵怀古

周邦彦

佳丽地，南朝盛事谁记？山围故国绕清江，髻鬟对起。怒涛寂寞打孤城，风樯遥度天际。

断崖树，犹倒倚，莫愁艇子曾系。空余旧迹郁苍苍，雾沉半垒。夜深月过女墙来，伤心东望淮水。

酒旗戏鼓甚处市？想依稀，王谢邻里。燕子不知何世，入寻常巷陌人家，相对如说兴亡，斜阳里。

叶梦得（1077—1148） 宋代文学家、政治家。字少蕴，晚号石林居士，平江府吴县（今江苏苏州）人。南渡之初，官江东安抚制置大使兼知建康府，总四路漕计，为支援抗金做过重要贡献。词风简淡，感怀国事有雄杰之气。有《建康集》《石林词》等。标题《千年石头城》为编者所加，原题即类似于小序的这一段。叶模是叶梦得第三子，曾参与江防之战。诗中流露了作者对报国无门、流年虚度的哀叹和对年轻一辈的期许。

千年石头城

叶梦得

雨夜与模论中原，旦起，模与徐敦宗游清凉，览观形势，嘉其有志，因以勉之。

千年石头城，突兀真虎踞。
苍茫劫火余，尚复留故处。
大江转洪涛，腾踏不可御。
空城寂寞潮，日暮独东去。
登临欲吊古，俯视极千虑。
吾儿勇过我，蓐食穿沮洳。
谓言抚中原，未暇论割据。
功名亦何人，我老聊自恕。
他年报国心，或可借前箸。
无为笑颓然，已饱安用饫。

刘一止（1078—1161） 宋代词人。字行简，湖州归安（今浙江湖州）人。著有《苕溪集》《苕溪词》。这首词是作者青年时游历金陵凤凰台所作，此时他科举未中，略有一些“清愁”，但豪气未减，体现了作者的旷达乐观。

踏莎行·游凤凰台

刘一止

二水中分，三山半落。风云气象通寥廓。少年怀古有新诗，清愁不是伤春作。

六代豪华，一时燕乐。从教雨打风吹却。与君携酒近阑干，月明满地天无幕。

朱敦儒（1081—1159） 宋代词人。字希真，洛阳（今河南洛阳）人。其词除反映他的遁世隐居生活外，时有忧国伤时之作，通俗平实。有《岩壑老人诗文》1卷，不存，另有《樵歌》词3卷。这首词写于南渡后，透露了作者对故土的怀念和国破后凄凉苦闷的心情。

相见欢

朱敦儒

金陵城上西楼，倚清秋。万里夕阳垂地，大江流。
中原乱，簪缨散，几时收？试倩悲风吹泪，过扬州。

周紫芝（1082—？） 宋代词人。字少隐，号竹坡居士，宣城（今安徽宣城）人。著有《太仓稊米集》《竹坡词话》。有《竹坡词》传世。白鹭亭遗址在今江苏南京江东门外。作者面对滔滔江水，联想到身后历经六朝兴衰荣辱的金陵古城，不禁对自己历经战乱的人生感慨万千。

水调歌头

周紫芝

丙午登白鹭亭作。

岁晚念行役，江阔渺风烟。六朝文物何在？回首更凄然。倚尽危楼杰观，暗想琼枝璧月，罗袜步承莲。桃叶山前鹭，无语下寒滩。

潮寂寞，浸孤垒，涨平川。莫愁艇子何处？烟树杳无边。王谢堂前双燕，空绕乌衣门巷，斜日草连天。只有台城月，千古照婵娟。

李清照（1084—约1151）　宋代女词人。号易安居士，历城（今山东济南）人。婉约词派代表，善用白描，清丽典雅。后人辑有《漱玉词》等。此词作于建炎三年（1129）初春，是宋室南渡的第三个年头。“春归秣陵树，人老建康城”，沉痛地写出了她迁徙流离、蹉跎岁月的悲叹。

临江仙

李清照

庭院深深深几许，云窗雾阁常扃。柳梢梅萼渐分明。春归秣陵树，人老建康城。

感月吟风多少事，如今老去无成。谁怜憔悴更凋零。试灯无意思，踏雪没心情。

韩元吉（1118—1187） 南宋词人。字无咎，号南涧，开封雍丘（今河南杞县）人，一作许昌（今河南许昌）人，官至吏部尚书。其词多抒发山林情趣。有《南涧甲乙稿》《南涧诗余》等。

水调歌头·雨花台

韩元吉

泽国又秋晚，天际有飞鸿。中原何在，极目千里暮云重。今古长干桥下，遗恨都随流水，西去几时东？斜日动歌管，萸菊舞西风。

江南岸，淮南渡，草连空。石城潮落，寂寞烟树锁离宫。且斗尊前酒美，莫问楼头佳丽，往事有无中。却笑东山老，拥鼻与谁同？

陆游（1125—1210） 南宋诗人、史学家。字务观，号放翁，越州山阴（今浙江绍兴）人。工诗词，长于文史。与杨万里、范成大、尤袤合称“南宋四大家”。今存诗9000余首。有《剑南诗稿》《渭南文集》《南唐书》《老学庵笔记》等。这首诗写于宋孝宗淳熙五年（1178），是作者奉诏从四川回临安（今浙江杭州），舟经建康（今江苏南京）时，登亭有感所作，贯穿着作者一片爱国之心。

登赏心亭

陆游

蜀栈秦关岁月遒，今年乘兴却东游。
全家稳下黄牛峡，半醉来寻白鹭洲。
黯黯江云瓜步雨，萧萧木叶石城秋。
孤臣老抱忧时意，欲请迁都涕已流。

范成大（1126—1193）　南宋诗人。字致能，晚号石湖居士，平江吴郡（今江苏苏州）人。历任多处地方官，晚年退居石湖。善写田园诗。有《石湖居士诗集》《石湖词》等。《望金陵行阙》写于乾道六年（1170），写高宗南渡后以建康（今江苏南京）为行在，后为陪都，在此大兴土木之事。《高淳道中》写于作者寓居高淳期间，是目前所见关于“高淳”之名的较早记载。《秦淮》这首咏史诗，叙述了秦始皇泄金陵王气的徒劳，暗含作者天命不可违的人生观。

望金陵行阙

范成大

圣代规模跨六朝，行宫台殿压金鳌。
三山落日青鸾近，双阙清风紫凤高。
石虎蹲江蟠王气，玉鳞涌地镇神皋。
太平不用千寻锁，静听西城打夜涛。

高淳道中

范成大

路入高淳麦更深，草泥沾润马骎骎。
雨归陇首云凝黛，日漏山腰石渗金。
老柳不春花自蔓，古祠无壁树空阴。
一箪定属前村店，衮衮炊烟起竹林。

秦淮

范成大

自金陵复泛秦淮，宛转数百曲。世传始皇东巡，自江乘渡，望气者以为金陵有天子气，乃凿长冈，引潮水入焉，号曰“秦淮”。逶迤屈曲，不类人工，故又传为龙所开也。

祖龙驱群龙，疏此万丈沟。
雨工恋故栖，十步九回头。
至今秦淮曲，蜿若春蛇游。
舟师厌回互，叹息倚柁楼。
维昔东巡初，八极围寸眸。
天端有佳气，郁郁东南浮。
卜云当兴王，在后五百秋。
叱吒召六丁，惨淡风云愁。
凿渠断地脉，自谓神与谋。
乾坤有端倪，已露不可收。
大帝开吴天，定鼎临江陬。
融融秣陵日，始照十二斿。
经营暨六代，兹地称神州。
乃知历数定，昧者徒私忧。
兹事故老传，未知信然不。
姑置勿重陈，作诗叹迟留。

杨万里（1127—1206）　南宋诗人。字廷秀，号诚斋，吉州吉水（今江西吉安）人。名列“南宋四大家”，创造了清新自然、风格活泼的“诚斋体”。著有《诚斋集》等。《寒食前一日行部过牛首山》写于南宋光宗绍熙元年（1190），杨万里从临安赴建康任江东转运副使，经过牛首山，作诗七首，此为其一。《登凤凰台》为怀古诗，作者触景生情，慨叹物是人非。

寒食前一日行部过牛首山（七首选一）

杨万里

出了长干过了桥，纸钱风里树萧骚。
若无六代英雄骨，牛首诸山肯尔高。

登凤凰台

杨万里

千年百尺凤凰台，送尽潮回凤不回。
白鹭北头江草合，乌衣西面杏花开。
龙蟠虎踞山川在，古往今来鼓角哀。
只有谪仙留句处，春风掌管拂蛛煤。

张孝祥（1132—1169） 南宋文学家。字安国，号于湖居士，乌江（今安徽和县）人。曾任建康留守。1982年，南京市在进行文物普查时发现张孝祥墓残碑。其词多豪放慷慨，也有感慨时事的悲凉之作。作品有《于湖词》等。这首词作于隆兴二年（1164），张孝祥任建康留守时。在一次宴席上，孝祥感慨时事，即兴赋词，抒发收复中原的豪情，在座的人深受感染。

六州歌头

张孝祥

长淮望断，关塞莽然平。征尘暗，霜风劲，悄边声。黯销凝。追想当年事，殆天数，非人力。洙泗上，弦歌地，亦膻腥。隔水毡乡，落日牛羊下，区脱纵横。看名王宵猎，骑火一川明，笳鼓悲鸣。遣人惊。

念腰间箭，匣中剑，空埃蠹，竟何成！时易失，心徒壮，岁将零。渺神京。干羽方怀远，静烽燧，且休兵。冠盖使，纷驰骛，若为情。闻道中原遗老，常南望，翠葆霓旌。使行人到此，忠愤气填膺，有泪如倾。

辛弃疾（1140—1207）　南宋词人。字幼安，号稼轩，历城（今山东济南）人。豪放派词人代表，与苏轼合称“苏辛”。现存600多首词。有《稼轩长短句》等。辛弃疾历任湖北、江西、湖南、福建、浙东安抚使等职，一生力主抗金，写有不少与南京相关的词。《念奴娇》写于乾道五年（1169）前后，《水龙吟·登建康赏心亭》写于淳熙元年（1174），两首词均抒发了作者由登临赏心亭而引发的吊古伤今之情。

念奴娇

辛弃疾

登建康赏心亭，呈史留守致道。

我来吊古，上危楼赢得，闲愁千斛。虎踞龙蟠何处是，只有兴亡满目。柳外斜阳，水边归鸟，陇上吹乔木。片帆西去，一声谁喷霜竹。

却忆安石风流，东山岁晚，泪落哀筝曲。儿辈功名都付与，长日惟消棋局。宝镜难寻，碧云将暮，谁劝杯中绿？江头风怒，朝来波浪翻屋。

水龙吟·登建康赏心亭

辛弃疾

楚天千里清秋，水随天去秋无际。遥岑远目，献愁供恨，玉簪螺髻。落日楼头，断鸿声里，江南游子。把吴钩看了，栏干拍遍，无人会，登临意。

休说鲈鱼堪脍，尽西风，季鹰归未。求田问舍，怕应羞见，刘郎才气。可惜流年，忧愁风雨，树犹如此。倩何人换取，红巾翠袖，揾英雄泪。

马之纯（生卒年不详）　南宋诗人、经学家。字师文，号野亭，金华（今浙江金华）人。隆兴元年（1163）进士，与张栻、吕祖谦讲论，精通天文、地理、制度等学问，世称茂陵先生。有《大学说》《周礼随释讲义》《春秋编年》及诗文集等。马之纯曾经用律诗写作《金陵百咏》，《景定建康志》收录其中20多首。

古越城

马之纯

府城西北瓦棺东，尚有遗基在此中。
旋折才方二里许，规模不得小邦同。
正当进取争强霸，聊作屯营备敌冲。
老范智谋曾不识，却云争似建康宫。

石麒麟

马之纯

石虎石羊还石人，此间独有石麒麟。
定应侧近藏陵墓，仗此威灵护鬼神。
一石琢成高且大，两头相望俨如真。
参天宰木知何在，今与渔樵作四邻。

姜夔（约1155—约1221） 南宋词人。字尧章，号白石道人，鄱阳（今江西上饶）人。工诗，尤以词称，精通音律，曾著《琴瑟考古图》，已佚，有《白石道人歌曲集》等传世。词集中多自度曲，并存有工尺旁谱17首。这首词句律依《杏花天》旧调作新腔，作于孝宗淳熙十四年（1187），作者自汉阳乘船东下赴湖州，抵达金陵，泊舟江上，有所梦而作。

杏花天影

姜夔

丙午之冬，发沔口。丁未正月二日，道金陵。北望淮楚，风日清淑，小舟挂席，容与波上。

绿丝低拂鸳鸯浦。想桃叶、当时唤渡。又将愁眼与春风，待去；倚兰桡，更少驻。

金陵路、莺吟燕舞。算潮水、知人最苦。满汀芳草不成归，日暮；更移舟，向甚处？

曾极（约1168—1227）　南宋诗人。字景建，临川（今江西抚州）人。有《舂陵集》，今已不存。存有《金陵百咏》，共100首七言绝句，写金陵景物，大多为南渡后所作，诗风悲壮。

金　陵

曾极

楚威王以其地有王气，埋金镇之，故曰“金陵”。或曰以其地接华阳、金坛之陵。

凿地破除函谷帝，埋金厌胜郢中王。
兴亡总不关君事，五百年前枉断肠。

覆舟山

曾极

在城北五里。晋北郊坛、宋药园垒、乐游苑、冰井、甘露亭皆在此山。

六代兴亡貉一丘，繁华梦逐水东流。
操蛇神向山前笑，三百年来几覆舟。

秦　淮

曾极

在县南三里。始皇时，望气者言金陵有天子气，使朱衣凿山为渎，以断地脉，改金陵为秣陵。《晋阳秋》：秦开，故曰“秦淮”。或云秦水发源屈曲，不类人工。

凿断山根役万人，祖龙痴绝更东巡。
石城几度更新主，赢得淮流尚系秦。

吴大帝陵

曾极

老瞒虎裂横中州，何物生儿作仲谋。
四十帝中功第一，坏陵无主使人愁。

苏泂（1170—？） 南宋诗人。字召叟，山阴（今浙江绍兴）人。其四世祖为苏颂，苏泂曾入建康幕府。求学于陆游，与辛弃疾、姜夔等人交往密切，著有《泠然斋集》12卷、《泠然斋诗余》1卷，已佚。现存《金陵杂兴》（又名《金陵杂咏》等）共200首七言绝句，描写金陵风物及历史，清新自然。

金陵杂兴（二百首选四）

苏泂

蒌蒿登盘朝饭美，河鲀入市晚羹香。
应无白傅思春草，却有东坡赋海棠。

五陵歌舞换埃尘，地下黄金出尚新。
碑字已漫青草死，酸风吹煞石麒麟。

楚囚对泣欲何如，江左图王计策疏。
风景不殊人自老，令人更忆管夷吾。

雨花台下百花香，驻马坡前百草长。
若还谷熟人民乐，依旧风流好建康。

刘翰（生卒年不详） 宋代诗人。字武子（一说武之），长沙（今湖南长沙）人。光宗绍熙年间（1190—1194）在世。久客临安（今浙江杭州），以布衣终世。有《小山集》1卷传世。《石头城》一诗中的"离离芳草""吴宫""台城旧苑""空江烟水"等景物，构成了一幅凄凉的景象。

石头城

刘翰

离离芳草满吴宫，绿到台城旧苑东。
一夜空江烟水冷，石头明月雁声中。

刘克庄（1187—1269） 南宋文学家。字潜夫，号后村，莆田（今福建莆田）人。官至权工部尚书、侍读、龙图阁学士。词风接近辛弃疾。有《后村集》《后村诗话》《后村别调》等。此诗借古抒怀，表达了作者对南宋王朝偏安江南的无奈心情。

冶　城

刘克庄

断镞遗枪不可求，西风古意满原头。
孙刘数子如春梦，王谢千年有旧游。
高塔不知何代作，暮笳似说昔人愁。
神州只在阑干北，度度来时怕上楼。

白朴（1226—1306）　宋元词人、戏曲家。原名恒，字仁甫，后改名朴，字太素，号兰谷。祖籍隩州（今山西河曲）。与关汉卿、马致远、郑光祖并称“元曲四大家”。代表作有词《天籁集》及杂剧《梧桐雨》《墙头马上》等。南宋亡国后，白朴移居建康（今江苏南京），写了不少作品，抒发自己的家国之情。

水调歌头

白朴

初至金陵，诸公会饮，因用北洲集咸阳怀古韵。

苍烟拥乔木，粉雉倚寒空。行人日暮回首，指点旧离宫。好在龙蟠虎踞，试问石城钟阜，形势为谁雄？慷慨一尊酒，南北几衰翁。

赋朝云，歌夜月，醉春风。新亭何苦流涕，兴废古今同。朱雀桥边野草，白鹭洲边江水，遗恨几时终。唤起六朝梦，山色有无中。

沁园春

白朴

我望山形，虎踞龙盘，壮哉建康。忆黄旗紫盖，中兴东晋，雕阑玉砌，下逮南唐。步步金莲，朝朝琼树，宫殿吴时花草香。今何日，尚寺留萧姓，人做梅妆。

长江，不管兴亡，漫流尽英雄泪万行。问乌衣旧宅，谁家作主？白头老子，今日还乡。吊古愁浓，题诗人去，寂寞高楼无凤凰。斜阳外，正渔舟唱晚，一片鸣榔。

文天祥（1236—1283） 南宋诗人。初名云孙，字宋瑞，一字履善，自号文山，吉州庐陵（今江西吉安）人。著有《文山诗集》《指南录》《指南后录》《正气歌》等。作者祥兴元年（1278）秋兵败广东五坡岭被俘后，祥兴二年被元军从广东押往元大都（今北京），这年的农历六月二十日至八月二十四日羁留南京期间，被囚禁在金陵驿，以满怀悲愤的心情写下了著名的《金陵驿》等诗词。

金陵驿（二首）

文天祥

草合离宫转夕晖，孤云漂泊复何依。
山河风景原无异，城郭人民半已非。
满地芦花和我老，旧家燕子傍谁飞。
从今别却江南路，化作啼鹃带血归。

万里金瓯失壮图，衮衣颠倒落泥涂。
空流杜宇声中血，半脱骊龙颔下须。
老去秋风吹我恶，梦回寒月照人孤。
千年成败俱尘土，消得人间说丈夫。

翁泳（生卒年不详）　南宋诗人。字永叔，号思斋，建阳（今福建南平）人。景定中（1260—1264）任上元县尉兼明道书院山长。《己未秋登城北楼》《陪周溪园登赏心亭》均为登临怀古之作，作者吊古伤今，气象宏大。

己未秋登城北楼

翁泳

脚底江南第一州，台城北上小淹留。
难忘故国千年恨，不尽长江万古流。
目断中原谁击楫，秋来多雨独登楼。
举头忽见长安日，一醉能消太白愁。

陪周溪园登赏心亭

翁泳

建业城楼四面窗，赏心胜处冠南邦。
石头西峙云藏寺，水面南浮月满江。
故国秋深人自老，新河夜遁虏谁降。
高人登眺同怀古，忽有飞来白鹭双。

汪元量（1241—1317）　宋元词人。字大有，号水云，钱塘（今浙江杭州）人。原是宋宫廷琴师，后为道士，自号水云子。其作品多慷慨悲歌。有《水云集》《湖山类稿》《水云词》。汪元量逗留北方12年后，于至元二十五年（1288）南归。这首词作于南归以后，作者重游金陵（今江苏南京），感慨良多，借金陵的兴衰，抒发心中的块垒，格调苍凉凄婉。

莺啼序·重过金陵

汪元量

金陵故都最好，有朱楼迢递。嗟倦客，又此凭高，槛外已少佳致。更落尽梨花，飞尽杨花，春也成憔悴。问青山，三国英雄，六朝奇伟。

麦甸葵丘，荒台败垒，鹿豕衔枯荠。正潮打孤城，寂寞斜阳影里。听楼头，哀笳怨角。未把酒，愁心先醉。渐夜深，月满秦淮，烟笼寒水。

凄凄惨惨，冷冷清清，灯火渡头市。慨商女，不知兴废，隔江犹唱庭花，余音娓娓。伤心千古，泪痕如洗。乌衣巷口青芜路，认依稀，王谢旧邻里。临春结绮，可怜红粉成灰，萧索白杨风起。

因思畴昔，铁索千寻，漫沉江底。挥羽扇，障西尘，便好角巾私第。清谈到底成何事？回首新亭，风景今如此。楚囚对泣何时已。叹人间，今古真儿戏。东风岁岁还来，吹入钟山，几重苍翠。

仇远（1247—约1322）　宋元诗人。字仁近，钱塘（今浙江杭州）人。元初曾为溧阳州儒学教授，有《金渊集》《山村遗集》等。此处的集庆寺即瓦官寺。作者通过叙事抒情，融情于事，意境凄清幽寂，现实与心境和谐统一。

宿集庆寺

仇远

半生三宿此招提，眼底交游更有谁。
顾恺漫留金粟影，杜陵忍赋玉华诗。
旋烹紫笋犹含箨，自摘青茶未展旗。
听彻洞箫清不寐，月明正照古松枝。

张炎（1248—1320） 宋元词人。字叔夏，号玉田、乐笑翁，祖籍凤翔府成纪（今甘肃天水），寓居临安（今浙江杭州）。其词用字工巧，追求典雅，有《山中白云词》（又名《玉田词》）。又从事词的研究，对词的音律、技巧、风格均有论述，著有《词源》。张炎是南宋名将张俊后裔，在南宋覆亡之际，借谢安棋墅，发思古之幽情，颇有意味。

忆王孙·谢安棋墅

张炎

争棋赌墅意欣然，心似游丝飏碧天。只为当时一著玄。笑苻坚，百万军声屐齿前。

陈孚（1259—1309） 元代诗人、学者。字刚中，号勿斋，台州临海（今浙江临海）人，曾出使安南。诗文不事雕琢，著有《观光稿》《交州稿》等。胭脂井，即景阳宫井，是唐以后金陵怀古诗的常见题材。陈孚的《胭脂井》是其中具有代表性的一首。

胭脂井

陈孚

泪痕滴透绿苔香，回首宫中已夕阳。
万里河山天不管，只留一井属君王。

张可久（约1270—1348后）　元代散曲家。字小山，庆元路（今浙江宁波）人。现存散曲数量为元代作家中最多，有《小山乐府》等。明清人将他与乔吉并称“乔张”。这首小令，作者通过追怀金陵古迹，借历史故事发怀古之幽情。

双调·水仙子·次韵金陵怀古

张可久

朝朝琼树后庭花，步步金莲潘丽华，龙蟠虎踞山如画。伤心诗句多，危城落日寒鸦。

凤不至空台上，燕飞来百姓家。恨满天涯。

许谦（1270—1337） 元代学者、诗人。字益之，号白云，金华（今浙江金华）人。在山中读书授徒40年，终身不仕。有《诗集传名物钞》《白云集》等。这首纪游诗记述了作者游览钟山和八功德水的经过及感想。

游钟山至八功德水

许谦

悠悠钟山云，朝夕碍我目。
褰衣试一往，行与云相逐。
驱马出东门，十里至山麓。
幽人昔已亡，谁能继芳躅。
猿鹤弃故林，鼪鼯啸深木。
彼哉西方人，胡为擅斯谷。
岂云事幽栖，政尔眩华屋。
泓泉抱何德，浊热供一沃。
岩回屐欲倦，小憩倚修竹。
凉飔自披襟，佳兴亦云足。

乔吉（1280—1345） 元代散曲家。字梦符，号笙鹤翁，又号惺惺道人，太原（今山西太原）人。其词以清丽新奇见长，又以婉媚流畅取胜。有《惺惺道人乐府》及杂剧《金钱记》。这首小令写作者挥别古都、郁郁不得志的心情。

商调·碧梧秋·出金陵

乔吉

尘暗埋金地，云寒树玉宫，归去也老仙翁。东北朝宗水，西南解愠风，船急似飞龙。到铁瓮城边喜落篷。

萨都剌（约1282—约1355） 元代诗人。字天赐，号直斋，生于雁门（今山西代县）。其诗词清新流丽，有《雁门集》。元文宗至顺三年（1332）至元统二年（1334），萨都剌任江南诸道行御史台椽史。至正六年（1346）至至正九年（1349），在建康为江南诸道行台侍御史。《满江红·金陵怀古》《念奴娇·登石头城次东坡韵》均是传诵千古的金陵怀古词，毛泽东主席晚年专门指示相关人员注释、印制的大字本古诗词，特地收录了这两首。《望金陵》是其金陵怀古诗的代表作之一。《钟山晓行》是描绘钟山景色的名篇。

满江红·金陵怀古

萨都剌

六代豪华，春去也，更无消息。空怅望，山川形胜，已非畴昔。王谢堂前双燕子，乌衣巷口曾相识。听夜深，寂寞打孤城，春潮急。

思往事，愁如织。怀故国，空陈迹。但荒烟衰草，乱鸦斜日。玉树歌残秋露冷，胭脂井坏寒螿泣。到如今，只有蒋山青，秦淮碧。

念奴娇·登石头城次东坡韵

萨都刺

石头城上，望天低吴楚，眼空无物。指点六朝形胜地，惟有青山如碧。蔽日旌旗，连云樯橹，白骨纷如雪。一江南北，消磨多少豪杰。

寂寞避暑离宫，东风辇路，芳草年年发。落日无人松径里，鬼火高低明灭。歌舞尊前，繁华镜里，暗换青青发。伤心千古，秦淮一片明月。

望金陵

萨都刺

行人雨霁入金陵，萧寺疏钟又远听。
五月潮声方汹涌，六朝文物已凋零。
春风玉烛留歌韵，落日青山立画屏。
千古兴亡堪一笑，买花载酒赏心亭。

钟山晓行

萨都刺

楼阁龙云气，苍茫第几峰。
长风万松雨，落月半山钟。
石磴盘空险，僧廊落叶重。
吾皇曾驻跸，千古说蟠龙。

许有王（1287—1364） 元代文学家。字可用，汤阴（今河南汤阴）人。有《至正集》。这是作者登北山（紫金山）阁的即景抒怀之作。作此词时作者已经深深体味到官场的黑暗，向往闲淡自适的诗酒人生。

清平乐·登北山阁

许有壬

钟山高处，又结层楼住。山自苍苍江自去，万景一时收聚。

平生湖海诗豪，更倾五斗香醪。不信人间好句，不教驱入霜毫。

张翥（1287—1368） 元代诗人。字仲举，号蜕庵，晋宁（今云南昆明）人，曾旅居金陵（今江苏南京）。至正初，荐为国子助教，参修宋、辽、金史。有《蜕庵集》等。

秦淮晚眺

张翥

赤栏桥下暮潮空，远火疏舂晻霭中。
星月半天分落照，断云千里附归风。
严城鼓角秋声早，故国山川王气终。
莫讶时来一长望，越吟荆赋思无穷。

王冕（1287—1359） 元代书画家、诗人。字元章，号煮石山农，诸暨（今浙江诸暨）人。有《竹斋集》。《金陵行送余局官》是一首歌行体的伤今吊古送别诗。《金陵怀古》是一首借景抒情的怀古之作。《别金陵》是一首离别金陵赴扬州的吊古咏怀诗。

金陵行送余局官

王冕

李白题诗旧游处，桃花杨柳春无数。
六代衣冠委草莱，千官事业随烟雾。
大江西下秦淮流，石头寂寞围荒丘。
原田每每尽禾黍，青山不掩诸公羞。
高楼如天酒如海，触景令人生感慨。
红堕香销燕子飞，风流王谢今安在。
我欲去寻朱雀桥，淡烟落日风萧萧。
交疏结绮香无迹，但见野草生新苗。
小儿纷纷竞豪纵，区区割据成何用。
芙蓉水冷燕支消，千古繁华同一梦。
伤今吊古如之何，头上岁月空蹉跎。
君行喜有丝五纶，宦情不似诗情多。
江南故事可知否？白云霙霙变苍狗。
休论平生锦机手，浩歌且醉金陵酒。

金陵怀古

王冕

坏墙幽径草青青，何处园林是旧京？
海气或生山背雨，江潮不到石头城。
英雄消歇无人语，形势周遭夕照明。
回首长干思无限，水风杨柳作秋声。

别金陵

王冕

六朝旧迹俱寻遍，千古英雄一笑休。
黄叶乱随秋雨落，长江空带楚天流。
樽前有客翻新调，白下无人说故侯。
明日西风天色好，吹箫骑鹤上扬州。

中岩圆月（1300—1375） 日本僧人、汉文学家。法名圆月，字中岩，号中正子，俗姓土屋。擅长汉诗文，是日本中世汉文学的代表人物。著有《文明轩杂谈》《中岩和尚语录》《东海一沤集》等诗文集。元泰定二年（1325），即日本正中二年，渡海入元。其间，为参谒临济宗高僧、保宁寺住持古林清茂，曾多次赴金陵（今江苏南京）。本诗为作者游历金陵期间所作，是日本汉诗中的怀古佳作。

金陵怀古

中岩圆月

人物频迁地未磨，六朝咸破有山河。
金华旧址商渔宅，玉树残声樵牧歌。
列壑云连常带雨，大江风定尚生波。
当年佳丽今何在，远客苍茫感慨多。

宋濂（1310—1381） 元末明初政治家、文学家、史学家。字景濂，号潜溪，别号龙门子，浦江（今浙江金华）人。与高启、刘基并称“明初诗文三大家”，被明太祖朱元璋誉为“开国文臣之首”。有《宋学士文集》。明太祖朱元璋征召其至南京，主修《元史》。

晚步青溪上

宋濂

溪色涵膏绿，溶漾正堪餐。
十步九还辟，清芬袭肺肝。
渚牙既戢戢，岸花亦戋戋。
洁沤近宜狎，赪鲂清可扪。
流念梁陈际，甲第绕其堧。
南溢绮钱结，北津铜网繁。
倒景浸寥旷，蒸气湿铅丹。
有时作清游，肃舲输轩尊。
泛爵溢朱组，篷筵到蝉冠。
荆傠逞妍曲，秦艳发清弹。
唯恐悬象堕，不忧芳年单。
繁华随逝水，崇替起哀叹。
黄鸟背人飞，响入华林园。

刘基（1311—1375） 元末明初政治家、文学家。字伯温，青田（今浙江丽水）人。他辅佐朱元璋完成帝业，被封为诚意伯，有《诚意伯文集》。刘基于元至正二十年（1360）与宋濂、章溢、叶琛同应朱元璋之召赴金陵（今江苏南京），洪武四年（1371）辞官，八年病重“护归”，这首词应作于这段时间。

蝶恋花·蒋山寺十月桃花

刘基

度朔移来天上种，绛蕊丹跗，王母亲曾弄。青女素娥为侍从，婵娟独擅三千宠。

回首欢娱谁与共。荒草残烟，冷落秦源洞。阆苑风高迷彩凤，断魂飞入韩凭梦。

乌斯道（1314—约1390）　元明之际诗人、书画家。字继善，号春草，慈溪（今浙江慈溪）人。有《秋吟稿》《春草斋集》。蒋山即钟山，此诗写登山所见所思，寄兴高远。

登蒋山

乌斯道

作镇皇州势独雄，英英紫气散晴峰。
龙蟠实为金陵重，鹤怨曾因蕙帐空。
云拥禅关新建塔，花明潜邸旧行宫。
试临绝顶闲凭眺，锦绣山河感慨中。

宗泐（1318—1391） 明初高僧。俗姓周，字季潭，号全室，临海（今浙江临海）人。工书法，善诗文，著有《全室集》《全室外集》等。明初住持南京天界寺，后奉明太祖命两度出使西域（今印度和斯里兰卡）取经。这首诗所写雨花台是作者所住持的天界寺所在地，整首诗清淡阔远，富有禅趣。

雨花台

宗泐

梁朝雨花石，近在城南陌。
不见讲经人，空林淡秋色。
登高俯大江，目送千里客。
白鸟下沧波，孤帆远山碧。

朱元璋（1328—1398） 即明太祖，明朝开国皇帝。原名重八，后取名兴宗，字国瑞，濠州钟离（今安徽凤阳）人。幼时家贫，曾出家为僧，后加入红巾军。1368年登基，年号洪武。略通文墨，今存少量诗文，平实中不乏豪情，有不少描写金陵风物的作品。其中《江流赋》堪称是一篇融文采豪情与朴实无华于一体的佳构。

江流赋

朱元璋

长江荡荡，绿水悠悠。举目遥观，共长天而斗色；低头近觑，同融日以争光。岸边绿苇，滴溜溜风摆旌旂；堤下青蒲，孤耸耸露依剑刃。白蘋渡上，有一攒一簇向沙鸥；红蓼滩前，有一往一来红甲雁。其中富贵，飘飙飙荷叶弄嗟钱；内里繁华，招展展莲花倾玉觞。霁雪丛会，响沸沸金睛金色化龙鲤；晴波影里，骨刺刺绿甲绿毛通圣龟。

此江遥纳千流，总兼三台之职；远尊大海，位有宰相之权。东南形胜，实为吴越之藩篱；西北胸襟，雄据楚、淮之保障。晋残东渡，能随五马一为龙；汉末南争，兼使三雄决二虎。

此江，到春来，暖融融鸥浴鱼翔；到夏来，碧森森芰生荷放；到秋来，纷纷红叶逐波流；到冬来，片片寒冰随浪走。

江中是景，清兮是水，绿兮是波，白兮是浪，碧兮是蒲，红兮是莲，青兮是荷，飞兮是鸥，落兮是雁，跃兮是鱼，行兮是舰。

东去西来万里长，滔滔不尽古今忙。流水水流流入海，浪翻翻浪浪翻江。碧荷荷碧碧烟罩，紫花花紫紫云盘。白鸥鸥白白鸥波，红蓼蓼红红蓼滩。采莲莲采采莲去，行棹棹行行棹还。烟树生烟烟绕树，渡舡来渡渡人舡。汨汨无边浴寒日，明明四际映青山。几番铁骑腾长浪，数次金戈照急澜。

嗟哉！跨江欲会猎；危乎！浮水要投鞭。炎炎纵火称公瑾，浩浩驱兵赞谢玄。英雄挥泪伤时往，豪侠持戈惜目前。王濬乘威焚锁铁，祖生慷慨扣船舷。

钟山云雨

朱元璋

崔嵬万壑玉笼葱，叆叇云浓雨碧松。
千古钟灵佳气盛，几年淮秀瑞光明。
倚天绝壁参银汉，拔地穹崖构梵宫。
时向望中闲极目，神机造化正鸿濛。

春望牛首

朱元璋

遥岑峙立势苍然，春听莺啼景物鲜。
叠嶂倚天江月外，三山映带石城边。

天界寺春雀

朱元璋

春风夜雨沐花妍，晓霁檐前雀噪喧。
孰谓可知机里事，飘然翕翮舞长天。

陶宗仪（1329—约1412）　元末明初文学家、史学家。字九成，号南村，黄岩（今浙江黄岩）人。工诗文，善书画，有《南村辍耕录》30卷，记录典章制度等。胭脂河位于南京溧水。此诗通过对明初朱元璋下令开凿胭脂河的描写，揭示了此河工程之大、用工之多及作用之巨。虽为歌功颂德之作，但不乏史料价值。

过胭脂河

陶宗仪

胭脂山头平劈破，一道长溪此中过。
匠人十万斧凿功，疑是六丁天所课。
危桥挂空若生成，石壁千仞开锦屏。
两边罗列八九里，吴艎蜀艑西东征。
四方职贡纷联络，扬子大江风浪恶。
九重宵旰劳圣心，特策有司亟兴作。
左通银墅右沙河，滔滔湛湛皆恩波。
可怜伊昔六代时，无有及斯竟若何。
老臣挟书朝帝所，拭目奇观喜欲舞。
稽首作歌颂神武，磨厓镌刻昭万古。

高启（1336—1374） 明代诗人。字季迪，号槎轩，长洲（今江苏苏州）人。洪武初年授翰林院国史编修。有《高太史全集》等。这首《登金陵雨花台望大江》写于洪武二年（1369），当时作者参与《元史》的修撰，心中充满豪情，登上雨花台，远眺长江，写下了这首汪洋恣意的诗篇，其末句“从今四海永为家，不用长江限南北”，寓意大明王朝一统天下。

登金陵雨花台望大江

高启

大江来从万山中，山势尽与江流东。
钟山如龙独西上，欲破巨浪乘长风。
江山相雄不相让，形胜争夸天下壮。
秦皇空此瘗黄金，佳气葱葱至今王。
我怀郁塞何由开，酒酣走上城南台。
坐觉苍茫万古意，远自荒烟落日之中来。
石头城下涛声怒，武骑千群谁敢渡。
黄旗入洛竟何祥，铁锁横江未为固。
前三国、后六朝，草生宫阙何萧萧。
英雄来时务割据，几度战血流寒潮。
我生幸逢圣人起南国，祸乱初平事休息。
从今四海永为家，不用长江限南北。

范师孟（生卒年不详） 安南名儒。字羲夫，号畏斋、峡石，安南峡山（今越南海阳省京门县）人。《全越诗录》收其诗39首。本诗大约作于明洪武十一年（1378）。范师孟曾于元至正五年（1345）出使元朝，经过南京。他在给明朝使臣余贵题写和诗时已是33年之后，提及往事仍历历在目。

和大明使余贵（二首选一）

范师孟

三十年前过建康，秋风万里一征艎。
六朝人物钟山在，百战关河江水长。
铁鏁石头惟夜月，乌衣朱雀只斜阳。
大明今日都江左，胡运危亡汉运昌。

郑梦周（1337—1392） 高丽名儒，被称作该国理学之祖。初名梦兰、梦龙，字达可，号圃隐，高丽庆州迎日（今韩国庆尚北道永川）人。著有《圃隐集》。郑梦周多次出使明朝。洪武十九年（1386），他最后一次奉命出使明朝，来到明都南京，顺利完成使命，一气呵成写就《皇都》四首。《舟次白鹭洲》写于同年，即作者完成出使任务，离开南京启程回国之时。

皇　都（四首选一）

郑梦周

皇都穆穆四门开，远客观光慰壮怀。
日暖紫云低魏阙，春深翠柳夹官街。
锦袍公子乌纱帽，茜袖女儿红绣鞋。
宾客岧峣近天上，兰舟不用泊秦淮。

舟次白鹭洲

郑梦周

洲在观音山下。

白鹭洲边浪接天，凤凰台下草如烟。
三山二水浑依旧，不见当年李谪仙。

赵浚（1346—1405） 高丽末期朝鲜初期政治家，被李氏朝鲜奉为“开国第一功臣”。字明仲，号吁斋、松堂，谥文忠。平安道平壤府祥原郡（今属朝鲜）人。自著有《松堂集》4卷。这首咏怀诗作于明洪武二十四年（1391），作者以门下赞成事之职充任贺圣节使，赴京师为朱元璋贺寿后，即将离京返国之际。

夜泊金陵

赵浚

兰舟绿水晚荷红，夜泊金陵一夜风。
老柳长波扬子渡，寒花细草馆娃宫。
百年荣辱身将老，六代兴亡鸟没空。
天下莫强仁可结，钟山隐隐月朦胧。

权近（1352—1409） 高丽末期朝鲜初期朱子学学者。原名晋，字可远，号阳村，谥文忠公，高丽安东（今属韩国庆尚北道）人。著有《礼记浅见录》《入学图说》等，曾参与官修《三国史略》。龙江驿是明代南京长江边的重要驿站，也是进入南京的重要关口。这首诗作于明洪武二十二年（1389），作者时任签书密直司事、进贤馆提学，作为副使随行出使南京，夜宿龙江驿，借景抒怀，表达了对出使明朝的新奇和对故乡的思念之情。

宿龙江驿

权近

缘江石壁，新构观音殿，凿石置屋，半出空中。

地远江流阔，山围石壁长。
庵开屏障尽，樯束羽林枪。
自幸观中国，时还忆故乡。
白云横海上，满目渺苍苍。

陈复（生卒年不详） 明代诗人。字鼎初，福建惠安人。永乐二十二年（1424）进士，官户部主事，正统中知杭州。上新河是明初开挖的一条通往长江的运河，是商旅之船停泊的重要港湾。这首诗描写了作者泊船期间，等待启航的迫切心情。

上新河待风

陈复

一棹遥从日下回，上新河畔几徘徊。
水声只向西南去，风势不从东北来。
长夜独看淮浦月，故乡多望越城台。
天公若解行人意，早遣蒲帆数幅开。

张瑄（1417—1494） 明代政治家、文学家、书画家。字廷玺，号古愚，晚号安拙翁，浦口汤泉（今江苏南京）人。官至南京刑部尚书，政绩卓著，后归老汤泉。著述丰富，主要有《凝清集》《南征录》《香泉稿》《观庵集》等。惠济寺为南京浦口汤泉名胜。作者借景抒情，将惠济寺的幽深静美写得禅趣十足。

游惠济寺

张瑄

胜境汤泉甲一方，白云深处有僧房。
梅花落讶初飘雪，草色浓疑未着霜。
云母屏开珠箔润，博山炉暖水沉香。
春来剩有新题咏，尽付奚奴古锦囊。

彭泽（生卒年不详） 明代诗人。字民望，攸（今湖南攸县）人。景泰七年（1456）举人，官至应天府通判。有《老葵集》。作者一方面歌颂金陵景象之美，同时抚今追昔，感叹人世的兴废无常。

金陵雨后登楼

彭泽

醉倚危栏看雨收，分明远树见晴洲。
千年壮丽山为郭，十里人家水绕楼。
燕子近来谁是主，凤凰已去有遗丘。
如何东晋诸名士，却上新亭双泪流。

王弼（1449—1498） 明代诗人。字存敬，号南廓，浙江黄岩人。成化十一年（1475）进士。历任溧水知县、刑部主事、兴化知府。早有诗名，才思豪逸，后师山谷，故多拗句，造思甚苦。天生桥是明初开凿胭脂河而形成的天然石梁，横跨胭脂河上，故名。作者此诗通过描写天生桥的景致，暗讽主持开凿天生桥的大臣李新因贪腐被杀，歌颂明太祖朱元璋开凿胭脂河，造福黎民百姓。

过天生桥

王弼

千峰飞峙若龙门，乱石巉岩似虎蹲。
凿后定应元气泄，看来竟觉地维分。
两崖空溅奸臣血，一派长流圣主恩。
今日扬舲泛秋邑，败芦残菊自黄昏。

陈铎（1454—1507） 明代散曲家、诗人、画家。字大声，号秋碧，别署七一居士，祖籍南直隶下邳（今江苏邳州），世居南京。正德间，袭济州卫指挥使。工诗善画，有“南词宗匠”之称，尤其精于声律，被称作“乐王”。其作品被誉为“正以大声之韵发而意新，声婉而辞艳，其体贴人情，描写物态，有发前人所未发者”。著有《秋碧轩集》《香月亭集》《秋碧乐府》《可雪斋稿》《词林要韵》等，另有杂剧及传奇。

赏金陵八景

陈铎

【北越调·斗鹌鹑】帝业南都，天开上国。虎踞龙蟠，吴头楚尾。山海来宾，车书混一。仰圣功，歌圣德。政化流行，胡尘一洗。

【紫花儿序】复修就三王典礼，扫荡了六代浮华，创立起一统洪基。山川巩固，殿阙崔嵬，雍熙。班生赋最宜，占断了江南佳丽。说甚么唐宋中兴，周汉关西。

【小桃红】晓从钟阜候云霓，掩映扶桑日。郁郁葱葱霭佳气，卷舒迟。分明彩凤朝阳立，须烦太史。占丰纪瑞，有颂献彤墀。

【鬼三台】望百堞排银雉，正腊雪初开霁，妆点出石城壮伟。一带素屏围，耸嶙峋百尺。走银蛇漫坡伏又起，堰玉龙远冈高又低。这一段暮景苍茫，堪写入渔蓑画里。

【金蕉叶】白鹭洲斜横燕尾，合抱着中流二水。寻桃叶桃根故迹，空荡漾春潮数里。

【调笑令】朱雀桥那壁，问乌衣，百姓人家燕子飞。想当年王谢居权贵，到如今事往人非。江山变迁那可追，只留下淡淡斜晖。

【秃厮儿】听嘹亮风前奏笛，只疑是旧日桓伊。向秦淮试将兰棹舣，声宛转韵清凄，烟暝长堤。

【圣药王】形势奇，林麓美，另巍巍天印镇坤维。樵斧息，樵唱起，恁山讴野调总相宜。真趣少人知。

【青山口】凤台，凤台，月输辉，晚云收秋露洗。凤凰，凤凰，又来仪，值尧天当舜日，诗翁逐杖藜，闺人正捣衣。听那细细微微，拂拂霏霏。龙江深夜里，蓬窗客梦回，天涯乡信稀。刻烛谈棋，翦韭传杯，远过潇湘佳致，小可西湖更难比。

【随煞】江南自古繁华地，受用煞花朝月夕。一从八景赋金陵，便觉胸中小彭蠡。

储巏（1457—1513） 明代诗人。字静夫，号柴墟，泰州（今江苏泰州）人。成化二十年（1484）进士，曾任南京吏部主事、户部左侍郎等。有《柴墟文集》。

过玄武湖

储巏

北山飞翠凝吾杯，舟人举棹相徘徊。
城隅捩舵踏冰入，船底轧轧闻春雷。
霜风吹衣衣欲裂，湖天泱漭疑飞雪。
司空劝饮夕郎酬，始觉微酣生颊热。
中流咫尺冰尽开，沙禽水鸟忘惊猜。
新洲昨夜梅花发，暗香偏逐诗人来。
湖波为带城为被，册府图书真得地。
堪笑前朝建此都，只将山水供游戏。
钟山龙蟠几百里，下有龙宫藏剑履。
山中老树尽成龙，夜夜飞来饮湖水。
湖波直与银河通，背城一派垂晴虹。
柏梯高寒石梁迴，十洲三岛神仙宫。
长堤隐隐湖心路，堤上行人自来去。
春风杨柳夏芙蕖，换尽年光颜色故。
世间万物如云烟，湖光山绿只依然。
不及湖中鱼与鸟，涵泳恩波今百年。

祝允明（1460—1526） 明代文学家、书法家。字希哲，自号枝山，长洲（今江苏苏州）人。曾任应天府通判，世人称之“祝京兆”，“吴中四才子”之一。祝允明途经高淳（今江苏南京高淳区），写下了这首纪游诗，有很强的画面感，为我们留下了高淳当年的景象。

高淳道中

祝允明

柴门对树树临流，春日迟迟满客舟。
一种江南千里景，只闻鸡犬不闻鸥。

钱琦（1467—1542） 明代诗人。字公良，一字临江，海盐（今浙江海盐）人。正德三年（1508）进士，历官盱眙知县、临江知府等。工诗文。有《东畬集》《钱子测语》《祷雨录》。

游牛首山

钱琦

青山高傍帝城隈，结客相将命酒杯。
石路香草人独往，枫林叶暗鸟频来。
江回素练云边出，岩献名花雨后开。
临眺莫言归去晚，放歌还上夕阳台。

陈沂（1469—1538） 明代学者、文学家、书画家。字宗鲁，后改鲁南，号石亭，祖籍鄞县（今浙江宁波），世居金陵（今江苏南京）。著有《金陵古今图考》《南畿志》《献花岩志》等。《秋日与门人同游灵谷》《游献花岩》写的都是与佛教相关的景点，从中可见作者的志趣与心性。

秋日与门人同游灵谷

陈沂

禅阙空山里，钟声何处寻。
径穿丛树断，门锁古苔深。
绀殿扬朝彩，雕廊正夕阴。
钟陵有佳气，秋尽未萧森。

游献花岩

陈沂

野寺逢人少，山僧与世疏。
四禅惟有性，六法本无书。
古洞栖萝幌，清泉引竹居。
懒融无复见，丈室一灯余。

文徵明（1470—1559） 明代文学家、书画家。初名壁（又作璧），字徵明，又字徵仲，号衡山居士，长洲（今江苏苏州）人。因官至翰林待诏，故又称“文待诏”。文徵明诗、文、书、画俱精，人称是“四绝”的全才。与沈周共创“吴派”画风。与祝允明、唐寅、徐祯卿并称“吴中四才子”。在画史上，与沈周、唐寅、仇英合称“明四家”，又称“吴门四家”。有《甫田集》《文徵明集》。

雨花台上

文徵明

雨花台上雨花干，野色江光落座间。
岂谓旅游逢九日，共来把酒看三山。
老年节物偏生感，到处云林不负闲。
落木满空秋万里，暝禽远带夕阳还。

王守仁（1472—1528） 明代思想家、文学家。字伯安，号阳明，余姚（今浙江余姚）人。嘉靖初，官至南京兵部尚书。其发展的阳明学，又称心学，是明代中晚期的主流学说之一，影响很大。后人辑有《王文成公全书》。

登阅江楼

王守仁

绝顶楼荒旧有名，高皇曾此驻龙旌。
险存道德虚天堑，守在蛮夷岂石城？
山色古今余王气，江流天地变秋声。
登临授简谁能赋，今古新亭一怆情！

顾璘（1476—1545） 明代文学家。字华玉，又字东桥，长洲（今江苏苏州）人，寓居上元（今江苏南京）。官至南京刑部尚书。与同里陈沂、王韦并称“金陵三俊”。有《息园存稿》《归田稿》《浮湘集》《金陵名园记》等。作者对南京怀有非常深厚的感情，这两首诗所写南京之景，生动形象。

登清凉寺后西塞山亭

顾璘

晚上高亭对落晖，万山寒翠湿秋衣。
江流一道杯中泻，云树千门鸟外微。
古寺频来僧尽老，重阳欲近蟹争肥。
霜枫恶作萧条色，故弄残红绕客飞。

牛头山和湛宗伯金陵八咏

顾璘

天开双阙定神京，罗立千峰拱卫成。
形胜金汤夸百二，紫烟长傍日华生。

朱应登（1477—1526） 明代文学家。字升之，号凌溪，宝应（今江苏扬州）人。弘治十二年（1499）进士，曾任南京户部主事。诗宗盛唐，格调高古，与李梦阳、何景明、徐祯卿等并为“弘治十才子”，又与顾璘、陈沂、王韦并称“金陵四家”。有《凌溪先生集》。

祖堂山

朱应登

长廊卷幔得闲凭，南国秋容望不胜。
香阁梵音传远磬，石幢寒影护悬灯。
山深疑有长生药，寺古应多入定僧。
人语忽然飘下界，始知身在白云层。

袁袞（1499—1548） 明代诗人、书法家。字补之，号谷虚，苏州府吴县（今江苏苏州）人。嘉靖十七年（1538）进士，历官礼部仪制司主事、广西佥事等。有《袁礼部集》《世纬》。

灵谷寺

袁袞

古寺桥陵侧，高松数里阴。
入门呦鹿卧，穿径白云深。
谷响传天籁，泉声和梵音。
顿令尘虑尽，寒日下空林。

许榖（1504—1586） 明代文学家。字仲诒，号石城居士，上元（今江苏南京）人。嘉靖十四年（1535）进士，官至南京尚宝司卿，继顾璘之后主词坛。有《二台》《归田》等集。

钟山下与蒋徐二子饮

许榖

谁家结屋钟山麓，湖上春云莽作堆。
高冢岁深麟偃卧，小堂春到燕飞回。
冠裳偶向花间过，尊酒俄从竹下开。
试听居人忆往事，此中曾见翠华来。

金銮（约1506—1595）　明代文学家。字在衡，号白屿，陇西（今甘肃陇西）人，随父侨居南京。善填词曲，有《萧爽斋乐府》《徙倚轩集》传世。这是【北南吕一枝花】中的第二曲，套曲原有题为“姚秋涧市隐园”。姚秋涧与金銮为诗友，市隐园当在清溪畔。

北南吕·梁州第七

金銮

我则见钟陵山千重翠霭，石头城万点苍烟。更和那清溪一带明如练。尽着他繁华耀日，老树参天；一群啼鸟，几处鸣蝉。绿杨如陶令门前，红莲似周子溪边。早难道吹台高李白寻诗，习池佳山公醉酒，草堂幽扬子谈玄。比着那息园东桥顾氏筑也快园髯仙徐氏筑也，几十年文物人争羡。发扬深，品题遍，得个王维画辋川，意趣天然。

徐渭（1521—1593） 明代文学家、书画家。初字文清，后改字文长，号青藤老人，绍兴府山阴（今浙江绍兴）人。有《徐文长全集》。此诗写于神宗万历三年（1575），当时徐渭出狱未久，去南京游历了不少名胜古迹，又特意拜谒了开国皇帝朱元璋的孝陵，写了这首诗。

恭谒孝陵

徐渭

二百年来一老生，白头落魄到西京。
疲驴狭路愁官长，破帽青衫拜孝陵。
亭长一抔终马上，桥山万岁始龙迎。
当时事业难身遇，凭仗中官说与听。

李贽（1527—1602） 明代思想家、文学家。号卓吾，别号温陵居士，泉州晋江（今福建泉州）人。曾任职南京国子监、南京刑部等。有《藏书》《续藏书》《焚书》《续焚书》等。摄山即栖霞山，六朝时因山中盛产可以“摄生（养生）”的名贵药材而名。

六月访袁中夫摄山

李贽

怀人千佛岭，避暑碧霞巅。
试问山中乐，何如品外泉。
阴阴藤挂树，隐隐日为年。
坐觉凉风至，披襟更洒然。

张元凯（生卒年不详） 明代诗人。字左虞，吴县（今江苏苏州）人。世袭苏州卫指挥，曾督漕北上，后辞归故里。工诗，其作品旷达有风骨，能够推陈出新，王世贞对其评价很高。著有《伐檀斋集》12卷。《雨花台》为组诗《金陵山寺诗》八首之一。

雨花台

张元凯

佛宇禅扉映晚霞，青山回合大堤斜。
似将高座台边雨，散作长干市上花。
绮绣道旁公子骑，歌钟云外列侯家。
繁华岂是今犹昔，月露前朝几劫沙。

盛时泰（1529—1587） 明代文学家、方志学家。字仲文，号云浦，上元（今江苏南京）人。著有《牛首山志》《栖霞小志》等。祖堂山为牛首山余脉，山上原建有幽栖寺。

祖堂山

盛时泰

落日深林逢远公，铜瓶锡杖得相从。
层栏远接诸天外，丈室平临万壑中。
钟阜断云连古戎，秣陵残叶下西风。
陶潜不为钟声去，月夜相邀溪水东。

朱孟震（1530—1593） 明代学者。字秉器，临江新淦（今江西清江）人。隆庆二年（1568）进士，曾任南京刑部主事。有《秉器集》等。这首诗写玄武湖春景，强调了玄武湖的神仙境界之说，表现了作者对玄武湖的深厚感情。

玄武湖

朱孟震

玄武湖头春可怜，绕堤花柳媚遥天。
风微凫鹭参差下，日丽楼台紫翠连。
龙气深秋晴似雨，马蹄芳草暖浮烟。
白云自是神仙署，谁道蓬莱弱水边？

余孟麟（1537—1620） 明代文学家。字幼举，江宁（今江苏南京）人。万历二年（1574）进士，历官翰林院编修、南国子监祭酒。有《余学士集》。这首写灵谷寺的诗，平淡雍容。

灵谷寺

余孟麟

先皇标杰构，一塔隐千峰。
窈窕云中路，玲珑石上松。
宝函传白马，金鼎伏苍龙。
剥尽长廊画，青山不改容。

焦竑（1540—1620） 明代学者、文学家。字弱侯，号澹园，祖籍山东日照，生于江宁（今江苏南京）。万历十七年（1589）状元。他博览群书，严谨治学，尤精于文史、哲学。著述很多，有《澹园集》等。这首《达摩洞》，从眼前实景写到想象的虚景，最后落于实处，别有情调。

达摩洞

焦竑

禅龛沿绿屿，石洞俯沧波。
风雨江声壮，鱼龙夜气多。
停杯今日望，飞锡向时过。
欲问西来意，疏钟度薜萝。

盛敏耕（1546—1598） 明代文学家。字伯年，号壶林，上元（今江苏南京）人。终身未仕，以文名世，亦工诗与散曲。有《轩居集》等。三台洞在燕子矶西，面临长江，背靠观音山。这首诗借写三台洞的清幽寂静，寄托自己的仕途无望与归隐之心。

三台洞

盛敏耕

洞古山深雾不开，俨然天上望三台。
石扉藤蔓迷樵路，流水桃花引客来。
新浸潮痕全失岸，旧题诗句半生苔。
仙人何必寻蓬岛，愿结茅亭伴曲隈。

朱之蕃（1548—1624） 明代文学家、书画家。字符升，一作元介，号兰隅、定觉主人，祖籍山东聊城，寓居金陵（今江苏南京）。万历二十三年（1595）状元，官终礼部右侍郎，任上曾奉命出使朝鲜。工书法，善画山水花卉，传世作品有《金陵图咏》《君子林图卷》等。

青溪游舫

朱之蕃

谁凿溪流九曲分，缘溪甲第旧连云。
吴船箫鼓喧中夜，紫阁檐栊灿夕曛。
烟水五湖徒浩渺，香气十里自氤氲。
百壶送酒油囊载，鸥鹭无惊泛作群。

灵谷梅花坞

朱之蕃

种梅环合碧山隈，一夜春风万树开。
结屋堪偕和靖隐，题诗今共贯休来。
松涛忽递香飘袖，日彩遥分影入杯。
复蕊繁枝迷客径，飞飞晴雪净氛埃。

汤显祖（1550—1617）　明代剧作家。字义仍，号海若，别号清远道人，临川（今江西抚州）人。曾任南京太常博士、礼部主事。所作传奇《紫钗记》《还魂记（牡丹亭）》《南柯记》《邯郸记》合称为“临川四梦”。诗文集有《红泉逸草》《雍藻》等。幽栖寺位于祖堂山南，始建于刘宋大明三年（459）。上巳俗称三月三，是中国传统节日。

上巳后二日游幽栖寺

汤显祖

百日斋初过，三春绿已齐。
披云眠佛窟，残屐到幽栖。

邹元标（1551—1624） 明代诗人。字尔瞻，号南皋，吉水（今江西吉安）人。万历五年（1577）进士，官至左都御史，曾谪南京吏部员外郎，为东林名士，卒谥忠介。有《愿学集》《存真集》。这首诗写坐船直赴白鹭洲的情景，清新轻快，格调高雅。

春日赴白鹭洲

邹元标

春水引行舟，桃花夹岸流。
沙明栖一鹭，雨过语双鸠。
浊酒浇孤兴，青山笑晚愁。
萋萋芳草绿，无语对江洲。

于若瀛（约1552—1610）　明代诗人。字文若，号念东，济宁（今山东济宁）人。万历十一年（1583）进士，曾任南京尚宝司少卿。有《弗告堂集》。清凉台即清凉山山顶的小块平地，是清凉山的最高处。作者写登清凉台所见，视野开阔，环境清幽。

秋日登清凉台

于若瀛

市远旷佛宇，霜林绚如绣。
孤阜凭风回，突出香台后。
危亭冒其顶，面势巧为构。
巀嵲钟岫近，睥睨江光透。
雄压白门丽，峻掩金川秀。
落木响空檐，飘岚润衣袖。
薄暮未肯下，远灯乱出宿。

叶向高（1559—1627） 明代政治家、文学家。字进卿，号台山，福清（今福建福州）人。官至礼部尚书、东阁大学士，出任首辅。曾任南京礼部、吏部右侍郎。著有《说类》等。

题方正学先生祠堂

叶向高

燕歌一夜满都城，大内罘罳火彻明。
无复看书延侍讲，仍传天语劳先生。
两朝事往君恩在，十族烟销诏草成。
为问精灵何处是，雨花台畔子规声。

莫愁湖

叶向高

十里平湖带画桥，当年歌舞惜妖娇。
空余菱镜明秋水，无复兰舟荡晚潮。
隔岸远山分翠黛，绕堤垂柳学纤腰。
风流未觉秾华歇，一望烟波醉不消。

民谣 又名“南京城十门诗”。收录在明万历二十七年（1599）余氏双峰堂刊刻的余象斗《新刻天下四民便览三台万用正宗》卷2《地舆门》。其中提到了明朝南京13座城门中的12座，但是将“定淮门”误为“怀远门”，“正阳门”误为皇城的“洪武门”，未提及处于关闭状态的钟阜门。明天启六年（1626）刊刻的程春宇《士商类要》卷1《南京十二门诗》基本相同：“神策金川仪凤门，定淮清凉共石城。三山聚宝连通济，洪武朝阳见太平。”此后，南京民间流变为这样一首涵盖13座城门的民谣：“神策金川近钟阜，仪凤定淮清（凉）石城。三山聚宝连通济，正阳朝阳定太平。”

南京城

民谣

神策金川仪凤门，怀远清凉到石城。
三山聚宝连通济，洪武朝阳定太平。

顾起元（1565—1628）　明代书法家、金石学家。原名培，字起元，又字太初、邻初，江宁（今江苏南京）人。万历二十六年（1598）探花，官至吏部左侍郎。著有《遁园漫稿》《懒真堂文集》《客座赘语》等。三宝太监即郑和，曾七下西洋。永乐九年（1411）郑和第二次航海归来，带回不少奇珍异宝和名贵树种，明成祖为供奉“佛牙”和陈列珍宝，在狮子山西南麓建宁海寺，又名静海寺。顾起元的这首吊古诗，文笔老道，有历史的沉重感。

宁海寺

顾起元

为国初三宝太监自西洋回所建。

一径逶迤出断云，峰悬阳景昼氤氲。
星查漫纪中涓事，月窟长标太史文。
僧磬隔林风不度，佛香沉水草能薰。
夤缘翠壁穿双屐，笑语频惊鸟雀群。

吴兆（生卒年不详） 明代诗人、戏曲家。字非熊，休宁（今安徽休宁）人。万历年间游览金陵（今江苏南京），与郑应尼合作《白练裙》杂剧。还著有《金陵》《广陵》《姑苏》《豫章》等。“斗草”是一种古老的民间习俗，始于南朝。这首歌行体的长诗，生动形象地描绘了这一习俗，选取许多特征性的地名，突出了诗题中的“秦淮”，为南京留下了珍贵的民俗学资料。

秦淮斗草篇

吴兆

乐游苑内花初开，结绮楼前春早来。
春色染山还染水，春光衔柳又衔梅。
此时芳草萋萋长，秦淮女儿多闲想。
闲想玉闺间，罗衣试正单。
芳风入户吹帷动，巧鸟当窗搅梦残。
因娇丽日长干道，相戏相要斗芳草。
芳草市初齐，茸茸没马蹄。
芳草远如雾，望望迷人步。
将绿将黄不辨名，和烟和雾那知数。
凤凰台上旧时基，燕雀湖边当日路。
结伴踏春春可怜，花气衣香浑作烟。
谁分迟迟独落后，谁能采采不争前。
袅袅桑间路，佳期何暇顾。

悠悠秦淮水，远道不暇思。
空生谢客西堂梦，徒怨湘娥南浦离。
未鸣鶗鴂先愁歇，乍啭仓庚正及时。
正及时，先愁歇，
密取畏人窥，疾行防藓滑。
入深翠湿衣，缘高香袭袜。
搴若将何为，束刍欲待谁。
茜红犹胜颊，荑白却惭肌。
薜荔裁衣安可被，菖蒲结带岂堪垂。
盈掬盈襜罗众芳，蛾飞蝶绕满衣裳。
兰皋借作争衡地，蕙畹翻为角敌场。
分行花队逐，对垒叶旗张。
花花非一色，叶叶两相当。
君有麻与枲，妾有葛与藟。
君有萧与艾，妾有蘅与芷。
君有合欢枝，妾有相思子。
君有拔心生，妾有断肠死。
赢归若个中，输落阿谁里。
相向无言转自愁，芳坰过雨忽疑秋。
别本辞根何倚托，倾青委绿满郊丘。
虽残已受妍心惜，纵贱曾经纤手摘。
芍药多情且自留，蘼芜有恨从教掷。
人生宠爱几能终，人心安能采时同。
萦愁结念寻归径，接佩连裙趁晚风。
情知朽腐随泥滓，会化深萤入幕中。

钱谦益（1582—1664） 明末清初学者、诗人。字受之，号牧斋，晚号蒙叟，常熟（今江苏常熟）人。与吴伟业、龚鼎孳并称为“江左三大家”。著有《初学集》《有学集》等。

题丁家河房亭子

钱谦益

在青溪、笛步之间。

小阑花外市朝新，梦里华胥自好春。
夹岸曲尘三月柳，疏窗金粉六朝人。
小姑溪水为邻并，邀笛风流是后身。
白首吴钩仍借客，看囊一笑岂长贫。

文震亨（1585—1645） 明代诗人、画家。字启美，长洲（今江苏苏州）人。文徵明曾孙，官至武英殿中书舍人，善画，著有《长物志》。文震亨曾在南京国子监求学，任职中书舍人期间，曾归故里，又路过南京，此诗或为此时所作。

秣陵竹枝词（四首选一）

文震亨

秦淮冬尽不堪观，桃叶官舟阁浅滩。
一夜渡头春水到，家家重漆赤栏杆。

谈允谦（生卒年不详）　明末清初诗人。字长益，丹徒（今江苏镇江）人。早年与冒襄等人结社，晚年回乡从事著述，有《树萱草堂集》《李贺诗注》《山海经注》《三山志》等。

登报恩寺塔

谈允谦

莫疑缔造鬼神工，万物坚持一气中。
吴地有台游白凤，汉宫何处望铜龙。
云间帆动三山月，树外楼开六代风。
异域贡金供铸鼎，低徊当日帝图雄。

杨文骢（约1597—1646）　明代文学家、书画家。字龙友，贵阳（今贵州贵阳）人，后流寓金陵（今江苏南京）。万历举人，曾任江宁知县。有《洵美堂集》。朱雀桥未建时曾以航船摆渡，遇警则撤航，因名之朱雀航。这首诗约写于闯王进京、崇祯自缢于煤山之后，作者感时伤世，悲愤不已。

朱雀航

杨文骢

野航月冷草萧萧，曾照当年劫火烧。
遗恨至今流不断，酸风昨夜返寒潮。

史可法（1602—1645） 明末抗清将领。字宪之，又字道邻，祥符（今河南开封）人。官至南京兵部尚书。弘光元年（1645），清军围攻扬州，城破后拒降遇害。后人在梅花岭建其衣冠冢，并编有《史忠正公集》。《燕子矶口占》应作于1645年，史可法援南京抵燕子矶时，写出了家国覆亡之际的沉痛之感。

燕子矶口占

史可法

来家不面母，咫尺犹千里。
矶头洒清泪，滴滴沉江底。

陈子龙（1608—1647）　明末抗清志士、文学家。字人中，号大樽，华亭（今属上海）人。崇祯进士，曾与夏允彝等共结几社，后起兵抗清，在南京就任兵科给事中。有《陈忠裕公全集》。此词作于明亡前夕，作者感伤时事，整体格调悲凉沉郁。

山花子·春恨

陈子龙

杨柳迷离晓雾中，杏花零落五更钟。寂寞景阳宫外月，照残红。

蝶化彩衣金缕尽，虫衔画粉玉楼空。惟有无情双燕子，舞东风。

吴伟业（1609—1672） 清代诗坛的“开国宗匠”之一。字骏公，号梅村，太仓（今江苏太仓）人。崇祯四年（1631）进士，官至翰林院编修，入清后官至国子监祭酒。其诗时号“梅村体”，娄东诗派开创者。著有《梅村集》《太仓十子诗选》等。顺治十年（1653）吴伟业到南京后写有9首七言律诗，都是与明代历史有关的古迹名胜，既让人沉浸在漫长的历史时空之中，又启迪读者思考历史与现实的“兴亡”。《钟山》《台城》《玄武湖》皆出自这组诗。

钟 山

吴伟业

王气销沉石子岗，放鹰调马蒋陵旁。
金棺移塔思原庙，玉匣藏衣记奉常。
杨柳重栽驰道改，樱桃莫荐寝园荒。
圣公没后无抔土，姑苏江声空夕阳。

台　城

吴伟业

形胜当年百战收，子孙容易失神州。
金川事去家还在，玉树歌残恨未休。
徐邓功勋谁甲第，方黄骸骨总荒丘。
可怜一片秦淮月，曾照降幡出石头。

玄武湖

吴伟业

覆舟西望接陂陀，千顷澄潭长绿莎。
六代楼船供士女，百年版籍重山河。
平川岂习昆明战，禁地须通太液波。
烟水不关兴废感，夕阳闻已唱渔歌。

黄宗羲（1610—1695） 明清之际思想家、史学家。字太冲，号南雷，学界称梨洲先生，余姚（今浙江余姚）人。精通天文、算术、乐律、经史百家及释道之术。明亡后隐居著述，有《宋元学案》《明儒学案》《明夷待访录》《南雷文定》等。

怀金陵旧游

黄宗羲

钟山多古迹，强半入园陵。
天仗曾陪入，芒鞋几断绳。
铜牌逢老鹿，落日访居僧。
但说山中景，应无及废兴。

李渔（1611—1680） 明末清初文学家。字谪凡，号笠翁，兰溪（今浙江兰溪）人，后移家金陵（今江苏南京），在秦淮河筑芥子园并开设书铺。著述丰富，有《闲情偶寄》《笠翁论古》等。这首小令形象描绘了秦淮灯船这一端午民俗的盛况。

忆秦娥·秦淮水

李渔

秦淮水，年年五月翻腾起。翻腾起，千门绮席，万家歌吹。
灯船盛作丰年瑞，游观畅卜佳人喜。佳人喜，倾城一笑，灯花绽蕊。

方文（1612—1669） 明末清初诗人。字尔止，号嵞山，桐城（今安徽桐城）人。著有《嵞山集》。摄山即栖霞山。此诗作于康熙八年（1669），作者登临摄山远眺金陵，寄托了对故国的哀思之情。

摄山绝顶

方文

下方惟见石，不信有柴荆。
仄径盘空上，危峰到顶平。
夕阳千岭秀，春水一江明。
愁绝浮云外，苍茫旧帝京。

顾炎武（1613—1682） 明末清初思想家、文学家。初名绛，字宁人，号亭林，又号蒋山佣；南都败后，因仰慕文天祥学生王炎武的为人，改名炎武，昆山千灯镇（今江苏昆山）人。复社成员，与黄宗羲、王夫之并称“明末清初三大儒”。著有《亭林诗文集》《日知录》《天下郡国利病书》等。明亡后，作者多次南谒孝陵，北谒长陵，怀念故国之情跃然纸上。

重谒孝陵

顾炎武

旧识中官及老僧，相看多怪往来曾。
问君何事三千里，春谒长陵秋孝陵。

龚鼎孳（1615—1673） 明末清初文学家。字孝升，号芝麓，合肥（今安徽合肥）人。崇祯七年（1634）进士，与吴伟业、钱谦益并称“江左三大家”。著有《定山堂集》等。这首诗是作者在上巳节将过金陵时所作，流露出怀古伤今之情。

上巳将过金陵

龚鼎孳

倚槛春愁玉树飘，空江铁锁野烟消。
兴怀何限兰亭感，流水青山送六朝。

彭孙贻（1615—1673） 明末清初文学家。字仲谋，一字羿仁，海盐（今浙江海盐）人。著有《茗斋诗余》等。《西河》为三叠长调，和宋代词人周邦彦（美成）《西河·金陵怀古》原韵，借旧调抒发自己的感伤之情。

西河·金陵怀古次美成韵

彭孙贻

龙虎地，繁华六代犹记。红衣落尽，只洲前一双鹭起。秦淮日夜向东流，澄江如练无际。

白门外，枯杙倚，楼船朽橛难系。石头城坏，有燕子衔泥故垒。倡家犹唱后庭花，清商子夜流水。

卖花声过春满市，闹红楼烟月千里。春色岂关人世，任野棠无主，流莺成对，衔入临春故宫里。

余怀（1616—约1697） 明末清初文学家。字澹心，号曼翁，莆田（今福建莆田）人，侨居江宁（今江苏南京）。富才情，工诗词，有《味外轩文稿》《板桥杂记》等。余怀对秦淮风月非常熟悉，这首诗吊古伤今，格调低沉。

金陵杂感

余怀

六朝佳丽晚烟浮，擘阮弹筝上酒楼。
小扇画鸾乘雾去，轻帆带雨入江流。
山中梦冷依弘景，湖畔歌残倚莫愁。
吴殿金钗梁院鼓，杨花燕子共悠悠。

钱棅（约1617—1645）　明末诗人。字仲驭，嘉善（今浙江嘉善）人。崇祯十年（1637）进士，曾任南京兵部主事。这首《秦淮词》写秦淮河上的春景，含蓄、轻松。

秦淮词

钱棅

春波几尺浴鹣鹣，姊妹同舟笑语添。

每到日斜箫管发，一时人尽卷珠帘。

纪映淮（1617—？） 清代诗人。字冒绿，小字阿南，江宁（今江苏南京）人。诗人纪映钟之妹。有《真冷堂词》。这首诗写于南京，是作者未出嫁时所作，表达了自己对理想爱情的朦胧理解和向往。

桃叶渡

纪映淮

清溪有桃叶，流水载佳人。
名以王郎久，花犹古渡新。
楫摇秦代月，枝带晋时春。
莫谓供凭揽，因之可结邻。

侯方域（1618—1654）　明末清初文学家。字朝宗，归德（今河南商丘）人。复社领袖，与冒襄、陈贞慧、方以智合称“明末四公子”。明亡后流落江南，入清后参加科举。有《壮悔堂文集》《四忆堂诗集》等。这首小诗借秦淮曾经的繁华，抒发现时的悲寂。

金陵题画扇

侯方域

秦淮桥下水，旧是六朝月。
烟雨惜繁华，吹箫夜不歇。

龚贤（1618—1689） 明末清初诗人、书画家。又名岂贤，字半千，号野遗，又号柴丈人、钟山野老，昆山（今江苏昆山）人。早年曾参加复社活动，晚年结庐清凉山下，“金陵八家”之一。著有《香草堂集》等。

晚出燕子矶东下

龚贤

江天忽无际，一舸在中流。
远岫已将没，夕阳犹未收。
自怜为客久，转觉到家愁。
别酒初醒处，苍烟下白鸥。

鹧鸪天

龚贤

江水西来地势斜，高台如卧枕晴沙。风前不见飘帘处，山上谁知卖酒家。

空踯躅，莫咨嗟。秋深满眼是黄花。寒烟摇曳迷宫树，犹带南朝几点鸦。

毛奇龄（1623—1716） 明末清初学者、文学家。字大可，号初晴，以郡望称西河，萧山（今浙江杭州）人。康熙中纂修《明史》，其门人子侄编其集为《西河合集》。龙江关在南京兴中门外。这首诗当作于清初，作者凭吊胜迹，慷慨激昂又充满苍凉之感。

龙江关

毛奇龄

建业重关控上游，龙盘虎踞旧神州。
荆门西扼江流下，越徼东连海气浮。
故国山河天堑合，夕阳宫阙石城秋。
登临转觉乡关远，日暮苍茫涕泗流。

潘高（1624—约1678）　明末清初诗人。字孟升，号鹤江，金坛（今江苏常州）人。受业于钱谦益，终生隐居不仕。其诗自然流利，有《南村诗稿》。

秦淮晓渡

潘高

潮长波平岸，乌啼月满街。

一声孤棹响，残梦落清淮。

郑成功（1624—1662） 明清之际将领。名森，字明俨，号大木，南安（今福建泉州）人。南明绍宗赐明朝国姓朱，赐名成功，世称“国姓爷”。又因蒙南明昭宗封延平王，称“郑延平”。这首诗写于南明永历十三年（1659）郑成功北伐南京时，表达了他“反清复明”的激情。

出师讨满夷自瓜州至金陵

郑成功

缟素临江誓灭胡，雄师十万气吞吴。
试看天堑投鞭渡，不信中原不姓朱。

朱彝尊（1629—1709）　清代文学家、学者，浙西词派创始人。字锡鬯，号竹垞，晚号小长芦钓鱼师，秀水（今浙江嘉兴）人。曾参与纂修《明史》，诗、文、词均为清初大家。清初著名藏书家之一。著有《曝书亭集》《词综》等。《卖花声·雨花台》写作者登临雨花台凭眺而产生的吊古伤今之情。《满江红·吴大帝庙》流露出一种悲怆的历史兴亡之感。

卖花声·雨花台

朱彝尊

衰柳白门湾，潮打城还。小长干接大长干。歌板酒旗零落尽，剩有渔竿。

秋草六朝寒，花雨空坛。更无人处一凭阑。燕子斜阳来又去，如此江山。

满江红·吴大帝庙

朱彝尊

玉座苔衣，拜遗像紫髯如乍。想当日周郎陆弟，一时声价。乞食肯从张子布？举杯但属甘兴霸。看寻常，谈笑敌曹刘，分区夏。

南北限，长江跨。樯橹动，降旗诈。叹六朝割据，后来谁亚。原庙尚存龙虎地，春秋未辍鸡豚社。剩山围，衰草女墙空，寒潮打。

屈大均（1630—1696） 清代文学家，“岭南三大家”之一。字翁山，番禺（今广东广州）人。工诗词，与陈恭尹、梁佩兰并称“岭南三大家”。著有《道援堂词》等。清顺治七年（1650），屈大均因抗清复明活动失败，避入番禺县海云寺削发为僧，6年以后，他以僧人身份初次离粤北游，至南京，谒明孝陵，驻锡于灵谷寺，这首吊古词当作于此时。

念奴娇·秣陵吊古

屈大均

萧条如此，更何须、苦忆江南佳丽。花柳何曾迷六代，只为春光能醉。玉笛风朝，金笳霜夕，吹得天憔悴。秦淮波浅，忍含如许清泪。

任尔燕子无情，飞归旧国，又怎忘兴替。虎踞龙蟠那得久，莫又苍苍王气。灵谷梅花，蒋山松树，未识何年岁。石人犹在，问君多少能记。

夏完淳（1631—1647） 明末诗人。原名复，字存古，号小隐，松江华亭（今属上海）人。夏允彝之子，师从陈子龙。有《南冠草集》等。《故宫行》为顺治二年（1645）南京沦陷后所作。

故宫行

夏完淳

朝登建康城，暮宿丹阳道。
黄尘落日大江流，紫陌微寒故宫草。
故宫烟雨动新愁，华屋参差成古丘。
当时罗绮三千户，何处莺花十二楼？
六代繁华如在眼，真龙不动河山转。
春光缥缈景阳宫，月色徘徊芳乐苑。
细雨深宫花落迟，轻风合殿香飘远。
花香十里到平康，莫愁歌舞冶游郎。
侠少尽骑青络马，交游争系紫罗囊。
鸳鸯两两芙蓉沼，鹦鹉双双玳瑁梁。
一朝景物如反掌，富贵风流竟长往。
玄武池边暮雨来，朱雀门前春草长。
美女琵琶塞上行，绮构云连空复情。
行人夜雨乌衣巷，归雁秋风白下城。
登临千载空回首，陈井梁宫竟谁有！
游鹿争衔上苑花，流莺自啭台城柳。
台城下接孝陵西，无限枝头乌夜啼。
杨花风起过江去，薄暮如烟满大堤。

王士禛（1634—1711） 清代诗人。字贻上，号阮亭，自号渔洋山人，山东新城（今山东桓台）人。清初文坛领袖，官至刑部尚书。死后因避雍正帝之名讳，改名士正。乾隆时，诏命改名士祯。所作多写日常琐事及个人情怀，有《带经堂集》等。

拜方正学先生墓

王士禛

石子岗头木末亭，振衣千仞揽青冥。
遥看江色萦新练，回眺山光列翠屏。
古墓松杉悲靖难，高台花雨罢谈经。
未须凭眺伤今古，且系长干双玉瓶。

瓜步道上作

王士禛

佛狸祠边苦竹丛，荇融山外桂枝风。
隔江暮雨秋千里，愁听西风白下钟。

沈皞日（1637—1703） 清代词人，浙西六家之一。字融谷，号柘西，浙江平湖人。工诗，尤善词。著有《柘西精舍集》等。瞻园在南京夫子庙西，原为中山王徐达府。这首词是吟赏瞻园之作中的佼佼者。

惜红衣·题瞻园

沈皞日

如此亭台，云根水曲，最宜清夜。淡月疏烟，风帘入图画。骚人词客，应两两海棠花下。幽雅，红萼翠尊。尽今番潇洒。

小桥欹榭，高木差参，碧桃又低亚。玉兰几树琼香，动平野。梦想十洲三岛，好于此间描写。倚碧栏星影，记向蕊珠归也。

汪懋麟（1640—1688） 清代诗人。字季角，号蛟门，江都（今江苏扬州）人。以刑部主事入史馆充纂修官，参与修《明史》，撰述甚多。著有《百尺梧桐阁集》。这首七言歌行体长诗写于康熙十四年（1675），作者以诗人兼史家的目光与手笔，描绘秦淮河五月端阳盛会奇观，将自己怀古伤今之情融于其中。

秦淮灯船歌

汪懋麟

秦淮五月水气薄，榴花乍红柳花落。
新荷半舒菡萏高，对面人家卷帘幕。
晚来列炬何喧阗，鼓吹中流一时作。
火龙一道灯船来，众响啁嘈判清浊。
一人揭鼓扬双锤，宫声坎坎两虎搏。
一人按拍秉乐句，裂帛时闻坠秋箨。
一人小击云锣清，仿佛湘娥曳珠珞。
横笛短箫兼玉笙，芦管呜呜似南籥。
两旁列坐八九人，急羽繁商不相若。
或涩如调素女弦，或溜如啭早春雀；
或缓如咽松下泉，或激如挑战场槊。
有时回帆作数弄，月白沙明叫饥鹤。
六船盘旋系一缆，万点琉璃光灼灼。
牛渚燃犀群怪惊，昆明习战老鱼跃。

众人互奏时一呼，如听宫中上元乐。
吁嗟此声何自来，万历年间逞欢谑。
中山开平盛甲第，富贵熏天凌卫霍。
谢公巷口开画楼，江令宅旁起朱阁。
传闻宴客端阳前，妙舞清歌进金凿。
青溪之南桃叶东，院里名娼好梳掠。
一笑直欲三年留，倒心回肠爱眉角。
珠玉如泥买歌笑，酒肉成山委溪壑。
流传直到南渡时，万事荒淫付杯杓。
作赋尚留才子名，盘游苦恨宰臣恶。
此时灯船知最奇，此时兵戈已交错。
天心杀运不可回，三十年来莽萧索。
余年童稚不及逢，白头老人说如昨。
今年来游恍梦寐，烽火暗天浑不觉。
纷纷荡子登酒船，岸岸河房动芳酌。
此地有湖名莫愁，我欲言愁恐惊愕。
嗟我旅人行且归，醉眼迷离石城脚。

周在浚（1640—？） 清代文学家、书法家。字雪客，祥符（今河南开封）人。周亮工之子，幼承家学，博通史诗，工诗词，善隶书及篆刻。有《金陵百咏》《云烟过眼录》《秋水集》。

金陵古迹诗（九首选二）

周在浚

莫愁家住石城西，乐府流传路欲迷。
谁向湖边辨吴楚，清江门掩夕阳低。

石城有女子名莫愁，善歌谣，其曲云："闻欢下扬州，相送楚山头。"莫愁在楚无疑。今石头城下有莫愁湖，盖因石头城与石城之讹，遂以为莫愁所居。湖上旧有徐魏国园亭，今废。湖近清江门，清江即清凉门，今已闭塞。

龙笛新裁二尺长，中悬画鼓大如筐。
万人喝彩灯船过，百盏琉璃赛月光。

秦淮灯船，所奏皆宫中乐，乐半，吹笳喝彩，其声如雷，闻宫中元夕奏乐亦然。前朝盛时，灯船多至五七十只。

石涛（1642—1708） 清初书画家、绘画理论家，“清初四僧”之一。法号原济，俗姓朱，名若极，字石涛，号大涤子等。明宗室靖江王朱守谦后裔。传世画论有《苦瓜和尚画语录》《大涤子题画诗跋》等。画迹有《江南八景册》《黄山八胜图册》《淮阳洁秋图》《蕉菊图》等。这首《雨花台》为《江南八景册》（现藏伦敦大英博物馆）题诗之一。

雨花台

石涛

郭外荒寺一古台，至今传说雨花来。
风吹大壑孤烟起，鸟带危樯片席回。
颓寺有钟晨寂寞，清猿无梦夜啼哀。
浮云转盼樽前散，何事仙源问劫灰。

雨花台，予居家秦淮时，每夕阳人散，多登此台。吟罢时，复写之。清湘陈人大涤子济。

孔尚任（1648—1718） 清代诗人、戏曲家。字聘之，又字季重，号东塘，别号岸堂，自称云亭山人，山东曲阜人，孔子六十三代孙。康熙年间授国子监博士，累迁户部员外郎。著有《湖海集》《岸堂文集》《桃花扇传奇》。世人将他与《长生殿》作者洪昇并称“南洪北孔”。冶城山，又称“冶城”，《冶城山北望》盛赞旧京胜景，道出了他对金陵历史的感悟。《鹧鸪天》是《桃花扇》第一出侯方域出场的定场词。《六合石子》借六合石子的多彩，写出了大千世界的生生不息。

冶城山北望

孔尚任

在山未觉山，宫阙连楼榭。
路出万木尖，人烟乃在下。
烟白木苍苍，长江此中泻。
客帆如浮云，帝城亦传舍。
每于凭眺时，旷然轻王霸。

鹧鸪天

孔尚任

院静厨寒睡起迟，秣陵人老看花时。城连晓雨枯陵树，江带春潮坏殿基。
伤往事，写新词，客愁乡梦乱如丝。不知烟水西村舍，燕子今年宿傍谁？

六合石子

孔尚任

五岳五色殊，剖分始盘古。
风日雷雨中，消磨半沙土。
六合精英存，具体父若母。
羽化需千年，伏卵积瑶圃。
山客投满盘，名象各有取。
黑者蝌蚪书，黄者班文虎。
其一透如冰，朱鲤活堪数。
更有朱砂盘，雕镂出鬼斧。
碧水青苔衣，白云红树雨。
朝霞抹赤城，积雪没天柱。
尤奇月夜梅，新花开老股。
中得一石尊，用之统侪伍。
万卷纸层层，精微界丝缕。
莫辨洛与河，羲画秘肺腑。
摩挲五色光，遐想文字祖。
珍重养清泉，有时天可补。

爱新觉罗·玄烨（1654—1722） 清康熙皇帝。在位期间，下令编纂《全唐诗》《佩文韵府》《康熙字典》等书籍。康熙在位期间，曾六次南巡，到达金陵（今江苏南京），留下了不少相关诗文。

金陵旧紫禁城怀古

爱新觉罗·玄烨

秣陵旧是图王地，此日鸾旗列队过。
一代规模成往迹，千秋兴废逐流波。
宫墙断缺迷青琐，野水湾环剩玉河。
治理艰勤重殷鉴，斜阳衰草系情多。

后 湖

爱新觉罗·玄烨

淼淼长湖水，春来发绿波。
飞鸣下凫雁，朝暮集渔蓑。

登报恩寺浮图

爱新觉罗・玄烨

涌地千寻起，摩霄九级悬。
琉璃垂法相，翡翠结香烟。
缔造人功巧，流传世代迁。
旷然弥远望，万象拱诸天。

贡院考试叹

爱新觉罗・玄烨

人才当义取，王道岂纷更。
放利来多怨，徇私有恶声。
文宗濂洛理，士仰楷模情。
若问生前事，尚怜死后名。

纳兰性德（1655—1685） 清代词人。叶赫那拉氏，原名成德，字容若，号楞伽山人，满洲正黄旗人。著有《通志堂集》《侧帽集》《饮水集》《纳兰词》。《梦江南》《金陵》均写于康熙二十三年（1684），纳兰性德作为御前侍卫扈从康熙帝南巡时。

梦江南（三首）

纳兰性德

江南好，建业旧长安。紫盖忽临双鹢渡，翠华争拥六龙看。雄丽却高寒。

江南好，城阙尚嵯峨。故物陵前惟石马，遗踪陌上有铜驼。玉树夜深歌。

江南好，怀古意谁传？燕子矶头红蓼月，乌衣巷口绿杨烟。风景忆当年。

金　陵

纳兰性德

胜绝江南望，依然图画中。
六朝几兴废，灭没但归鸿。
王气倏云尽，霸图谁复雄？
尚疑钟隐在，回首月明空。

曹寅（1658—1712） 清代文学家。字子清，号荔轩，又号楝亭，先世为汉族，原籍丰润（今河北唐山）。自其祖父起为满洲贵族包衣，隶属于正白旗。16岁入宫为康熙御前侍卫，至通政使、江宁织造、两淮盐漕监察御史。有《楝亭诗钞》等传世。楝亭在江宁织造署中，因亭边植楝木而得名。这首长诗是为怀念纳兰性德而作。

题楝亭夜话图

曹寅

紫雪冥蒙楝花老，蛙鸣厅事多青草。
庐江太守访故人，建康并驾能倾倒。
两家门第皆列戟，中年领郡稍迟早。
文采风流政有余，相逢甚欲抒怀抱。
于时亦有不速客，合坐清严斗炎熇。
岂无炙鲤与寒鹦，不乏蒸梨兼瀹枣。
二簋用享古则然，宾酬主醉今诚少。
忆昔宿卫明光宫，楞伽山人貌姣好。
马曹狗监共嘲难，而今触痛伤枯槁。
交情独剩张公子，晚识施君通纻缟。
多闻直谅复奚疑，此乐不殊鱼在藻。
始觉诗书是坦途，未防车毂当行潦。
家家争唱饮水词，那兰小字几曾知。
斑丝廓落谁同在？岑寂名场尔许时。

龚翔麟（1658—1733）　清代文学家。字天石，号蘅圃，晚号田居，仁和（今浙江杭州）人。清康熙年间副贡，官至御史。工诗词，浙西六家之一。有《田居诗稿》《红藕山庄词选》。这首小令写雨花台春游情形，清新生动。

吕令·雨花台

龚翔麟

纸鸢初剪，渐挑菜，城南遍。废台疏雨，锦靴泥污，茜裙风卷。樯燕樯乌天外，江平似练。

偏提香满，有小小，吴童挽。新抽细草，坐来真比，贴裀还软。待付一尊怀古，泻时休浅。

黄之隽（1668—1748） 清代诗人。字石牧，号㕔堂，安徽休宁人，徙居华亭（今属上海）。康熙六十年（1721）进士，官至翰林院编修。喜藏书，撰述颇丰，其诗别开生面。曾集唐人诗句五七言数百首，编为《香屑集》，并集唐人文句为骈体文长序。著有《㕔堂集》。此诗写登报恩寺塔所见，境界开阔。

登报恩寺塔绝顶

黄之隽

到眼无埃壒，苍茫入素秋。
万家斜照外，千古大江流。
金碧翔霄表，虬龙压石头。
长安称雁塔，此亦旧皇州。

丁儒完（1671—1716） 安南诗人。字存朴，号默翁，驩州香山安邑（今属越南中部的河静省）人。曾出使清朝，1716年病逝于北京，其女婿阮仲常将其出使时所作诗文汇编为《默翁使集》。这首诗作于康熙五十四年（1715），作者作为岁贡副使出使北京，途经南京，写下了不少诗作。

晚访南京古城

丁儒完

携仆扶藜访古城，晖斜钟晚苦余情。
谯楼春去杨烟泊，画角秋深戍梦惊。
洪武藩翰云一翠，崇祯弓马月三更。
林园花草嗟蕉鹿，夜夜长江暗咽鸣。

阮宗窐（1693—1767） 安南诗人。号舒轩，谥岸肃，太平御善福溪（今属越南北部）人。清乾隆七年（1742）、十三年（1748），分别以副使、正使身份出使北京。其首次北使留下了与正使阮翘的燕行诗文合集《乾隆甲子使华丛咏》，另有《使华丛咏集》《使程新传》等。《清溪泛舸》写于乾隆八年。当时作者为副使，入贡北京，于六月抵南京江东门外北河口。在宁期间，创作了十余首诗作。

清溪泛舸

阮宗窐

孟秋上浣，值公暇，与诗客驾小舟，贯重城，入秦淮，逾七八座桥，回览光景，吟成舟字。

西来爽气迎新秋，与客提携驾小舟。
晓渡霜桥光历乱，暗摇烟树翠沉浮。
豪华风物供清兴，歌管楼台纪胜游。
人景仙流堪绘画，一生几到帝王都。

郑燮（1693—1765） 清代诗人、书画家，“扬州八怪”之首。字克柔，号理庵，又号板桥，人称“板桥先生”，江苏兴化人。后客居江苏扬州，以卖画为生。有《板桥全集》。郑板桥一生诗、书、画“三绝”，做官与为文均能关注民情。两首写长干里的诗词，一首关注民生，一首体现了作者想归老南京的心情，各有千秋。

长干里

郑燮

墙里开花墙外见，篱门半覆垂杨线。
门外春流一派清，青山立在门当面。
老子栽花百种多，清晨担卖下前坡。
三间古屋无儿女，换得鲜鱼供阿婆。
缫丝织绣家家事，金凤银龙供天子。
花样新添一线云，旧机不用西湖水。
机上男儿百巧民，单衫布褐不遮身。
中原百岁无争战，免荷干戈敢怨贫。

念奴娇·金陵怀古·长干里

郑燮

逶迤曲巷，在春城斜角，绿杨阴里。赭白青黄墙砌石，门映碧溪流水。细雨饧箫，斜阳牧笛，一径穿桃李。风吹花落，落花风又吹起。

更兼处处缫车，家家社燕，江介风光美。四月樱桃红满市，雪片鲥鱼刀鲚。淮水秋青，钟山暮紫，老马耕闲地。一丘一壑，吾将终老于此。

满江红·金陵怀古

郑燮

淮水东头，问夜月何时是了，空照彻飘零宫殿，凄凉华表。才子总缘杯酒误，英雄只向棋盘闹。问几家输局几家赢，都秋草。

流不断，长江淼；拔不倒，钟山峭。剩古碑荒冢，淡鸦残照。碧叶伤心亡国柳，红墙堕泪南朝庙。问孝陵松柏几多存，年年少。

吴敬梓（1701—1754） 清代文学家。字敏轩，安徽全椒人。因家有“文木山房”，晚年自称“文木老人”。33岁移居金陵（今江苏南京），卖文度日，故又称“秦淮寓客”。著有《文木山房诗文集》《儒林外史》等。《买陂塘》写于雍正十一年（1733）作者移家南京之时。《幕府山》《三宿岩》写于乾隆十六年（1751）至十九年（1754）之间，是其所题咏的《金陵景物图诗》（图绘成于康熙五年，即1666年）现存23首中的两首。

买陂塘（二首选一）

吴敬梓

癸丑二月，自全椒移家，寄居秦淮水亭，诸君子高宴，各赋“看新涨”二截见赠，余既依韵和之，复为诗余二阕，以志感焉。

石头城，寒潮来去，壮怀何处淘洗。酒旗摇飏神鸦散，休问猘儿狮子。南北史，有几许兴亡，转眼成虚垒。三山二水。想阅武堂前，临春阁畔，自古占佳丽。

人间世，只有繁花易委。关情固难自已。偶然买宅秦淮岸，殊觉胜于乡里。饥欲死，也不管，干时似淅矛头米。身将隐矣，召阮籍嵇康，披襟箕踞，把酒共沈醉。

幕府山

吴敬梓

五峰高以长，石洞带翠萝。
沙鸟烟中没，云帆天际过。
高才推管仲，重任拟萧何。
几时军府地，酣眠让达摩。

三宿岩

吴敬梓

嵯峨灵石阁，传云三宿岩。
其上为青鸳，玲珑怪石嵌。
昔日涌江涛，岩下落征帆。
今日列僧庐，岩下长松杉。

爱新觉罗·弘历（1711—1799） 清朝第六位皇帝，入关之后的第四位，年号“乾隆”。在位60年，实际统治64年，是中国历史上执掌国家最高权力时间最长的皇帝，也是最长寿的皇帝，他还创造了写诗最多的纪录。曾六下江南，对南京的山水形胜流连不已，写下了不少诗作。

雨花台

爱新觉罗·弘历

崇冈跋马晚春晴，凭览遗台触慨情。
便果云光致花雨，可能末路救台城。

谒明太祖陵

爱新觉罗·弘历

金陵莅止为巡方，展谒龙蟠奠桂浆。
保护遗规崇胜国，绍承家法礼前王。
开基洵是过唐宋，继业无能鉴夏商。
形胜不须矜壮丽，惟天佑德慎周防。

游栖霞山

爱新觉罗・弘历

第一金陵明秀山，所欣初遇足空前。
画屏云庵紫峰阁，乳窦春淙白鹿泉。
梵业镌碑尚隋代，净因舍宅自齐贤。
更谁凿壁名纱帽，只恐平原意未然。

朝天宫

爱新觉罗・弘历

冶城谒琳宇，竹树郁苍苍。
吊古怀王谢，遗风泯宋梁。
缘山飞紫阁，守汞镇丹房。
顾諟吾恒凛，宁同尚老庄。

周宝偀（乾隆至道光年间） 清代画家、文学家。字月溪，号二石居士，上元（今江苏南京）人。善写竹石山水，工诗词，著有《金陵览胜诗考》。越城是战国初期越王勾践派范蠡在南京中华门外一带所建之城。龙江关在南京西北，是古代南京重要的驿站和税关。

越 城

周宝偀

禅院风清古迹埋，长干西畔小徘徊。
一堆土石迷烟草，人踏斜阳问越台。

龙江关

周宝偀

关势接苍穹，登临四望空。
钟声何处寺，帆影大江风。
薄雾山腰白，斜阳鸟背红。
此身何处着，端在画图中。

袁枚（1716—1798） 清代文学家、美食家。字子才，号简斋，钱塘（今浙江杭州）人。历任溧水、江宁、江浦县令，后筑随园于南京小仓山，以著述终，世称“随园老人”。有《小仓山房诗文集》《随园诗话》《随园食单》等。《登栖霞凤翔峰》写登峰之艰辛与登峰之后所见景观之壮阔。“洪武大石碑”即明成祖朱棣为其父朱元璋而开凿的“神功圣德碑”（阳山碑材），位于南京东郊的阳山。《洪武大石碑歌》是历史上较早记述这段历史的诗歌作品。

登栖霞凤翔峰

袁枚

群峰齐俯首，争把一峰让。
一峰果昂然，独立青天上。
我来登此如登天，无物与我堪齐肩。
白云蓬蓬生足下，红日皎皎当胸前。
手敲山门锁，声落山下风。
老僧迎我便扶我，怕我吹堕烟霄中。
开窗指示扬州塔，入耳颇闻瓜步声。
摄山到此局一变，奇石奇峰都不见。
不知人世藏何所，但觉江光摇匹练。
仰首频愁真宰侵，长空断绝飞鸟音。
游山莫到山绝顶，再上无路生归心。
背山摇鞭风洒洒，手掷金轮放四海。

洪武大石碑歌

袁枚

青龙山前石一方，弓尺量之十丈长，两头未截空中央。
旁有赑屃形更大，直斩奇峰为一坐，欲负不负身尚卧。
相传高皇开创气概雄，欲移此碑陵寝中。
大书功德告祖宗，压倒唐汉惊羲农。
碑如长剑青天倚，十万骆驼拉不起。
诏书切责下欧刀，工匠虞衡井中死。
芟刈群雄苔八荒，一拳顽石敢如此。
周颠仙人大笑来，天威到此几穷哉！
但赦青山留太朴，胜扶赤子上春台。
丁丁从此停开凿，夜深无复山灵哭。
牧竖宵眠五十牛，村氓昼晒三千谷。
材大由来世莫收，此碑千载空悠悠。
昭陵石马无能战，汉代铜仙泪不流。
吁嗟呼！君不见，项王拔，始皇鞭，山石何尝不可迁？
威风一过如轻烟。惟有茅茨土阶三五尺，至今神功圣德高于天。

蒋士铨（1725—1784） 清代文学家。字心余、苕生，号藏园，又号清容居士，晚号定甫，铅山（今江西上饶）人。乾隆二十二年（1757）进士，官至翰林院编修。博学能文，与袁枚、赵翼合称“江右三大家”，曾侨居南京。有《忠雅堂诗集》《红雪楼九种曲》等。扫叶楼是明末遗民画家、诗人龚贤的故居。

扫叶楼

蒋士铨

落叶扫不尽，几年存此楼。
天空群木老，寺古一山秋。
壁垒移江渚，功名指石头。
输他尘外客，缚帚坐林陬。

赵翼（1727—1814） 清代诗人、史学家。字云崧，一字耘松，号瓯北，常州府阳湖（今江苏常州）人。乾隆年间进士，授编修，累官至贵西兵备道。告归后，专心著述，尤精史学。有《廿二史札记》《瓯北诗钞》《十家诗话》等。这首诗肯定朱元璋统一中国的功绩，但对其滥杀功臣颇有微辞。

题明太祖陵

赵翼

定鼎金陵控制遥，宅中方轨集轮镳。
千秋形胜从三国，一样江山陋六朝。
燕啄皇孙传岂误，狗烹诸将乱终消。
桥陵曾借神僧穴，易代犹闻禁采樵。

姚鼐（1731—1815） 清代学者、文学家，桐城派的集大成者。字姬传，一字梦谷，室名惜抱轩，世称“惜抱先生”，安徽桐城人。与方苞、刘大櫆并称“桐城三祖”。乾隆二十八年（1763）进士，任礼部主事、四库全书纂修官等。作品有《惜抱轩全集》《古文辞类纂》等。他同南京的渊源深厚，曾主持编纂《江宁府志》，嘉庆二十年（1815）秋卒于南京钟山书院。

登最高峰

姚鼐

已上樵峣又佛台，正逢秋霁夕阳开。
地穷江海与天际，山自岷嶓夹水来。
南国中原同下俯，华林衰草几千回。
何当住此云霄上，长与星房日驭陪。

最高峰在钟山之顶。

罗聘（1733—1799） 清代诗人、画家，“扬州八怪”之一。字遁夫，号两峰，自号花之寺僧，歙县（今安徽歙县）人，后寓居江都（今江苏扬州）。工诗善画，有《香叶草堂集》。

过瓦官寺感作

罗聘

当年陶所问斜曛，六代人文化暮云。
壁画维摩钱百万，眼中谁是顾将军。

王友亮（1742—1797） 清代诗人。字景南，号葑亭（亦作葑町），又号东田，原籍婺源（今江西婺源），生于上元（今江苏南京）。乾隆三十四年（1769）进士，历任礼部主事、刑部员外郎、山东道监察御史、政通司副使等。长于史学，有诗才，著《双佩斋集》《金陵杂咏》等。本书所选四首诗皆出自《金陵杂咏》。

鸡鸣寺泉

王友亮

寺在鸡笼山，与覆舟、台城相接。

金陵盛仲交时泰，品水廿有四。
吉甫周晖增八名，乃成三十二。
其中谁最优，首数鸡鸣寺。
诸泉多僻远，惟此近而易。
我当盛暑时，茶铫屡亲试。
一眉凉月生，两腋清风至。
潇洒去烦襟，苍茫入诗思。
小别十余年，披图劳梦寐。

江东门

王友亮

城西郭门。

竹舆小倦唤渔舟，又作西郊载酒游。
淡粉轻烟俱昨梦，落花疏雨只春愁。
帆樯尚集新河舶，罗绮休寻旧市楼。
问取前朝龙战处，长桥犹自锁东流。

淡粉、轻烟，妓馆名。江东门桥，明太祖破陈友谅于此。

浡泥国王墓

王友亮

石子冈畔。明永乐六年，王来朝，病卒，赐葬，谥恭顺。

迢递经重译，苍茫赋大招。
归魂仍海澨，托体此山椒。
秘器东园给，崇祠上国邀。
行人频伫望，宰木已成乔。

姚坊门枣

王友亮

长二寸许。顾文庄曰：惟吕家山方幅十余亩为然，他地则不尔。

新秋佳果说姚坊，火齐堆盘喜乍尝。
甜到十分知过雨，艳生半颊为迎阳。
戏抛恰可同赤心，饱掇何须患齿黄。
记得吕家山畔路，薰风先递枣花香。

黄景仁（1749—1783） 清代诗人。字汉镛，一字仲则，号鹿菲子，武进（今江苏常州武进区）人，生于高淳（今江苏南京高淳区）。工诗，与洪亮吉并称“二俊”，为“毗陵七子”之一，诗学李白。有《两当轩集》等。清代吴大帝庙在清凉寺之西。这首词为作者感慨吴大帝庙孙权像所作。

满江红·吴大帝庙

黄景仁

伯也无年，把草草江东付尔。不数载，西连北拒，公然帝矣。彼国有人难径渡，诸君为将偏甘死。只几封降表落中原，生平耻。

垂珠冕，翘华屐。睛点碧，髯掀紫。问生儿谁道，不应如是？半壁江山成夜火，一生事业凭春水。小朝廷血食尚千秋，谁能此？

古贺朴（1750—1817） 日本文学家。字淳风，号精里，通称弥助，日本肥前佐贺郡古贺村（今属佐贺县）人。有《中庸章句纂释》《大学诸说辨误》等。这首诗大约作于18世纪后期，作者并未到访南京，所以诗题为“拟”。

拟金陵怀古

古贺朴

龙蟠虎踞到如今，谁使东南王气沉。
六代繁华犹在眼，千年豪杰自伤心。
春田麦满楼台址，天堑波鸣鼙鼓音。
处处寒烟松柏色，墓陵其奈牧樵侵。

焦循（1763—1820） 清代学者。字理堂，一字里堂，甘泉（今江苏扬州）人。博闻强记，于经史、历算、声韵、训诂之学都有研究。天界寺始建于元，明洪武年间迁建聚宝门（今中华门）外，是明代南京三大寺之一，朱元璋亲题“善世法门”。这首诗写天界寺的历史与现状，平淡而又余韵悠长。

天界寺

焦循

昔年展诵青邱诗，天界佛寺名乃知。
洪武创业造此寺，征辟名士始居之。
我游金陵十一次，今年始获到此地。
壁破犹存龙虎文，门扃疑匿狐狸魅。
草深觅路问村娃，老僧赤脚迎供茶。
小树扶疏出檐宇，满阶不见辛夷花。

舒位（1765—1815） 清代文学家。字立人，号铁云，小字犀禅，直隶大兴（今属北京）人，生于吴县（今江苏苏州）。著有《瓶水斋诗集》等。随园遗址在今南京城西随家仓至清凉山东麓，相传为《红楼梦》中大观园所在地。后为江宁织造隋赫德所有。袁枚从隋氏手中购得，取名随园。这首诗生动描绘了随园环境之幽，构筑之精，风景之美。

随园作（三首选一）

舒位

琉璃世界水精宫，六代烟霞入镜中。
山染千重矾绢本，花开四面锦屏风。
池边红树鱼窥影，帘外青天鸟破空。
当日挂冠神武者，三层楼阁未能工。

陈文述（1771—1843） 清代诗人。字云伯，号退庵，钱塘（今浙江杭州）人。著有《碧城仙馆诗钞》《秣陵集》等。诸葛武侯即诸葛亮。这首诗，以清凉山诸葛亮驻马坡，歌咏南京的山川形胜，表达了对诸葛亮的崇敬之情。

诸葛武侯驻马坡

陈文述

在石头城。相传武侯至吴，驻此以观形胜，谓“钟山龙蟠，石城虎踞”即此。在今龙蟠里北、收兵桥东。又，镇淮桥东北军师巷有武侯祠。《江表传》云：刘备之东，宿于秣陵，周观地形，劝权都之。则昭烈亦尝至其地也。

石头城上翠孱颜，虎踞龙蟠在此间。
形胜旧传三国志，风云长护六朝山。
登高感慨谁知己，揽辔澄清亦等闲。
天遣艰难定西蜀，峨嵋万里隔秦关。

邓廷桢（1776—1846） 清代诗人、民族英雄。字维周，又字嶰筠，江宁（今江苏南京）人。嘉庆六年（1801）进士，工书法、擅诗文，官至云贵、闽浙、两广总督。与林则徐协力查禁鸦片，击退英舰挑衅，英军终其任不得入虎门。有《双砚斋词》。

江城子·题杨雪樵观察金陵策蹇图

邓廷桢

卢龙山下系轻桡，柳条条，路迢迢。十里青芜，宛转度裙腰。认取鞭丝春影瘦，浑不似，玉骢骄。

前头弓样石城桥，麹波摇，蕙烟销。待觅东风，燕子话南朝。纸醉金迷多少事，都付与，过江潮。

林则徐（1785—1850） 清代政治家、思想家、民族英雄。字元抚，又字少穆，晚号竢村老人，福建侯官（今福建福州）人。嘉庆十六年（1811）进士，曾任湖广、两江、陕甘、云贵总督，两次受命钦差大臣。著有《云左山房文钞》《云左山房诗钞》《使滇吟草》等多种。这是一首题画诗，作于道光十六年（1836）作者任职江苏时。

题杨雪樵（庆琛）金陵策蹇图

林则徐

斜日西风万柳条，栖鸦流水旧魂消。
即今仍踏长干路，官爱江南为六朝。

陆嵩（1791—1860） 清代诗人。字希孙，号房山，江苏元和（今属江苏苏州）人。著有《意茗山馆诗集》。这首诗写于《南京条约》签订三年之后，作者路过南京，流露出怀古伤今之情。

金　陵

陆嵩

崔巍雉堞尚前朝，形胜东南第一标。
惊见羽书传昨夜，忽闻和议出崇朝。
秦淮花树添憔悴，玄武旌旗空寂寥。
往事何人更愤切，不堪呜咽独江潮。

龚自珍（1792—1841） 清代思想家、文学家。字璱人，号定庵，仁和（今属浙江杭州）人。曾任内阁中书、宗人府主事和礼部主事等官职，主张革除弊政，抵制外国侵略。他的诗被柳亚子誉为“三百年间第一流”。著有《定庵文集》。《己亥杂诗》作于1839年，共315首，是中国文学史上罕见的大型组诗，题材广泛。这首诗是其中唯一一首有关南京的。

己亥杂诗（第一二二首）

龚自珍

六朝古黛梦中横，无福秦淮放棹行。
想见钟山两才子，词锋落月互纵横。

欲如江宁，不果；亦不得马湘帆户部、冯晋渔比部两同年消息。

汤濂（1793—1874） 清代诗人。字藎仙，自号诗疯、石居士等，江宁（今江苏南京）人。著有《小隐园诗文集》《金陵百咏》等。这四首诗均出自《金陵百咏》，所写为南京的历史和景点。

蒋帝庙

汤濂

在钟山之阴，祀汉末蒋子文。子文为秣陵尉，逐盗死于钟山。

将相与王侯，不值一俯仰。
我重逐盗人，能令山易蒋。

虎踞关

汤濂

在清凉山下。

在德亦在险，观形足用兵。
当年曾驻马，如见武侯心。

汤 泉

汤濂

在城东汤山。

氤氲气满野，泉水流汤汤。
或者通地肺，此山有热肠。

随 园

汤濂

在小仓山，袁简斋太史所居。

太史点苍仙，诗才亦新颖。
曲曲小仓山，匠心多借镜。

魏源（1794—1857） 清代思想家、文学家。原名远达，字默深，湖南邵阳人。近代中国“睁眼看世界”的杰出代表。著有《古微堂集》《海国图志》等。道光十二年（1832），应两江总督陶澍之邀，迁居南京清凉山下的龙蟠里。《乌龙潭夜坐》写得闲适恬静。《江南吟》十首仿白居易新乐府诗体，写于道光年间。这首诗写洪灾中的金陵城一片泽国汪洋，呈现了一幅凄惨悲凉的民生图景，是不可多得的写实主义作品。

乌龙潭夜坐

魏源

林阴横满地，夜影忽过墙。
忘却月已转，翻疑树易长。
积雨有余气，老荷终自香。
空林如积水，清夜意难忘。

江南吟（十首选一）

魏源

闸城门，闸城门，水西门截秦淮源。

江潮逆逼淮倒入，一丈二丈城全吞。

玄武湖高不得出，一闸难回万马奔。

千街万户波涛里，鱼鳖游灶鸡生埘。

半城窪室迁高原，水气蒸为云气昏。

一岁潦尚可，岁岁淹杀我，

六朝三国都江左，几见金陵之城水中坐。

噫嘻吁怪哉！

江洲日大，江面日寡，江底日高，江口不泻。

试登钟阜绝顶望长江，肯信长江天堑若弓蛇。

何处黄天荡，何处新林浦？

千里萩葭，百里桑麻，当年半是波臣家。

沧桑陵谷，是耶非耶？

治河尚可水攻沙，何策能使江流窪。

赵函（生卒年不详）　清代诗人。字元止，号艮甫，震泽（今属江苏苏州）人。著有《乐潜堂集》等。赵函《十哀诗》系统记录鸦片战争，给后人留下了珍贵的史料。《哀金陵》是其中的最后一首，记录了英军沿长江至南京，迫使清政府签订《南京条约》的过程。

哀金陵

赵函

吊省城居民及沿江村落被贼蹂躏也。夷入大江，封瓜州之渡，焚仪征之船，疾驱二百里，抵观音门。时总督已回省城，伊节相、耆将军相继至，通使议和。夷人要挟百端，忽战忽和。当事受其颠倒。忽诡言架炮钟山之顶，官民胆落。悉从其所欲而后已。八月和议成，三使节宴夷酋于静海寺，夷人亦整队伍相送。然夷船久泊江干，城外居民大受荼毒；且纵三板船游奕江浦、六合之境，所至村落一空。

夷船入江来，先截瓜州渡；
真州城外生烟雾，一炬盐艘不知数。
天堑飞过蛟龙惊，扬帆直抵金陵城。
金陵城中军势涣，大府主和不主战。
伊相国来操胜算，欲以慈悲弥宿怨。
夷情贪狠惟爱钱，红旗白旗持两端。
忽然舁炮钟山顶，俯瞰石城如瞰井。
阖城恸哭潜出城，一半流亡入鱼艇。
秋风戒寒和议成，庙谟柔远思休兵。
华夷抗礼静海寺，俨然白犬丹鸡盟。
吁嗟呼!城中歌舞庆太平，城外盗贼仍纵横。
夷人中流鼓掌去，三月长江断行旅。

张汝南（？—1863）　清代文人。字子和，上元（今江苏南京）人。工书画，著有《金陵省难纪略》等。太平天国定都天京（今江苏南京）期间，曾在南京居住。太平天国战争之后，南京市井丘墟，梵宫泡影，风景全销。作者生长于斯，无限怅惘，他一反伤今吊古之诗风，创作了《江南好辞》100首，表达对南京昔日繁华市井生活和众多名胜古迹的追念和赞美，显得别有风味。

江南好辞（一百首选五）

张汝南

江南好，第一是行宫。辇路草长含晚碧，御街花嫩发春红，驻跸忆乾隆。

行宫在西华门大街，俗呼其地为大行宫。

江南好，古寺是鸡鸣。倒座观音森宝阁，凭虚听雨俯台城，同泰旧留名。

府学，西有鸡笼山，山左为鸡鸣寺，即梁之同泰寺。寺后乃古台城观音楼，高出台城，可望元武湖。凭虚阁与观音楼相并。“凭虚停雨”为金陵四十景之一。观音楼有“问大士如何倒座；恨世人不肯回头”一联。

江南好，灯市一条长。琉璃盏宜供古佛俗呼琉璃音如流利，麒麟灯好送新娘，要货趁排场。

评寺街元宵前卖灯，名灯市。新嫁女正月必送灯，麒麟送子灯，所必有也。

江南好，最好是风筝。折蝶风前舒软翅，磨鹰云际转雄睛，绝技擅江城。

纸鸢俗呼风筝，翅软蝶可折叠而藏，磨鹰能旋转空中，不异真鹰，其他皆巧妙，独此两种尤佳。

江南好，宝塔耸长干。五色琉璃晴日丽，万枝灯火晓星寒，海内数奇观。

塔在报恩寺，古名长干塔，明初重建，高数十丈，砖瓦皆五色琉璃，金碧照耀，天下之塔，此当第一。朔望点塔灯，荧然万点，远望如聚星。

何绍基（1799—1873） 清代学者、书法家。字子贞，号东洲居士，湖南道州（今湖南道县）人。精通考订及金石学，书法自成一家。著有《惜道味斋经说》《东洲诗文集》等。其《金陵杂述绝句》共40首，结束处落款“同治甲子季月九日，道州叟何绍基草于朱履巷寓”，据此可知，这组诗作于1865年。作者写南京断壁残垣的现状，与之前的繁华形成鲜明对比，表达了对历经战乱的无奈与感慨之情，堪称一组现实主义的史诗。

金陵杂述绝句（四十首选六）

何绍基

薄游访到古江南，闻说天留妙相庵。
秋海棠空僧去尽，池亭非复旧精蓝。

妙相庵秋海棠壁最胜，今壁已毁，余景亦非昔，贼改为御花园也。

夫子宫墙无处攀，秦淮仍作泮池环。
何年礼殿重修复，两庑颓垣夕照殷。

文庙仅余两庑红墙各半壁。

万竹园中万鹭鸶，翩然飞向海天涯。
它年城郭如重到，剩有泠泠水一池。

邓家万竹园尽鹭窠也，昔子久中丞在家，余闲日必至。

六代流风到有明，欲凭佛力巩皇京。
报恩寺塔成焦土，毕竟坚牢是石城。

报恩寺塔全毁失。

南楼高矗入云霞，四面江山壮观夸。
俯瞰一城真壮阔，炊烟浓处几人家。

南门城楼新葺，极雄阔。

烟水荒寒不可收，昔年曾作冶春游。
湖山自有佳时节，儿女宽心且莫愁。

最后至莫愁湖，止一片水耳。

黄燮清（1805—1864） 清代文学家。原名宪清，字韵珊，号吟香诗舫主人，海盐（今浙江海盐）人。有《倚晴楼诗集》等。黄天荡在今江苏南京城东北，宋高宗建炎四年（1130），韩世忠败金兀术于此。此诗作于道光三十年（1850），鸦片战争后不久，作者经过此地，触发了其家国之情，写下了这首追昔抚今的诗，格调悲凉凄清。

黄天荡怀古

黄燮清

八千劲旅走熊罴，曾断金人十万师。
骢马宣威临战日，羯胡丧胆渡江时。
风鸣环佩军中鼓，谷暗云霞战士旗。
从古庸臣好和议，寒潮呜咽使人悲。

杜文澜（1815—1881） 清代词人。字小舫，浙江秀水（今属浙江嘉兴）人。曾任江宁布政使、署两淮盐运使等。有《采香词》《憩园词话》《古谣谚》《词律校勘记》等。这首咏物词，韵律和谐，风格婉约。

台城路·秦淮秋柳

杜文澜

江南一夜香波冷，楼台画成秋意。旧院藏莺，长桥系马，攀折游踪难记。飘零燕子，认六代斜阳，倦魂醒未？怨笛谁家，后庭歌罢更憔悴。

桃根桃叶易老，渡头空照影，羞斗眉翠。舞扇勾云，华灯背雨，都换伤春滋味。阑干傍水，问丁字帘前，细腰谁倚？无那西风，乱鸦啼又起。

大沼枕山（1818—1891） 日本明治时期汉诗诗人。名厚，字子寿，号水竹居、枕山。明治时期东京汉诗坛的“三诗宗”之一，有汉诗诗集《东京词三十首》等。此诗出自《枕山诗钞》第一编卷下《杂言》。标题为编者所加。

南朝人物晚唐诗

大沼枕山

未甘冷淡作生涯，月榭花台发兴奇。
一种风流吾最爱，南朝人物晚唐诗。

洪仁玕（1822—1864） 太平天国领导者之一。号益谦，别字吉甫，广东花县（今属广东广州）人，洪秀全族弟。曾在香港居住多年，1859年到天京（今江苏南京），获封为军师、干王，一度总理朝政。1854年春，洪仁玕由上海来天京，当时苏常一带尚在清军手中，长江被封锁，只能中途折回，此诗记录了这一事件。

由上海至天京受阻折回舟中作

洪仁玕

船帆如箭斗狂涛，风力相随志更豪。
海作疆场波列阵，浪翻星月影麾旄。
雄驱岛屿飞千里，怒战貔貅走六鳌。
回日凯旋欣奏绩，军声十万尚嘈嘈。

胡恩燮（1824—1892） 清代诗人。字煦斋，晚号愚园老人，安徽歙县人，自幼随家人迁居金陵（今江苏南京）。爱好诗文，著有《愚园三十六咏》《六朝石记》等。愚湖为愚园的一部分。愚园俗称“胡家花园”，同治十三年（1874）被辞官回南京故里的胡恩燮购得，因此得名，在清末民初的南京极负盛名。这首写愚湖的诗，是愚园主人的自述之作，写造园的辛苦与乐趣。

愚　湖

胡恩燮

人笑愚公愚，构园如移山。
大智莫若水，名愚岂其甘。
不师柳柳州，守拙聊自闲。
且作愚湖长，扁舟时往还。

张之洞（1837—1909）　清代政治家、文学家、教育家，洋务派代表人物。字孝达，一字香涛，号壶公，别号无竞居士，直隶南皮（今河北沧州）人。曾任两江总督等，在南京创办三江师范学堂、水师学堂。有《张文襄公全集》。在《鸡鸣寺》这首五言古风中，张之洞盛赞在鸡鸣寺山上远观近望“山水城林”融为一体的非凡气象，抒发作为一代名臣和清末改良派主将励精图治、积极进取的襟怀和魄力。

鸡鸣寺

张之洞

余以金施寺，僧辟寺后经堂为楼，尽伐墙外杂树，遂为金陵诸寺之冠。

雨暗覆舟山，泉响鸡鸣埭。
埭流南朝水，僧住南朝寺。
当时造宫城，选此陵阿地。
朝市皆下临，江山充环卫。
白门游冶子，沓拖无生气。
心醉秦淮南，不踏钟山背。
一朝辟僧楼，雄秀发其秘。
城外湖皓白，湖外山苍翠。
南岸山如马，饮江驻鞍辔。
北岸山如屏，萦青与天际。
鹭洲沙出没，浦口塔标识。
烟中万楼台，渺若蚁垤细。
素有杜老忧，今朝豁蒙蔽。

樊增祥（1846—1931） 文学家。字嘉父，号樊山、云门，晚号天琴老人，湖北恩施人。曾任江宁布政使。“同光派”重要诗人，诗文近3万首，有《樊山全集》等。瞻园为作者任职江宁布政使时的官署，此诗当作于任职期间。

瞻 园

樊增祥

中山百亩园，今属紫薇省。
二年两易官，园有幸不幸。
东阁为马厩，视孰为管领。
俭者吝扫除，豪者饰绨锦。
公述去年游，官梅意凄哽。
今年春风至，花竹何明靓。
园林细事耳，转移在俄顷。
试登冶城望，神州杂蛙黾。
谁为王夷甫，谁为谢文靖？
江山易气象，日月殊光景。
天宝误李杨，开元伏崇璟。
治乱皆人为，台池其小影。
用舍失其宜，咎由国成秉。
娲皇能炼石，天地自完整。

黄遵宪（1848—1905） 晚清诗人、学者、外交家。字公度，别号人境庐主人，广东嘉应州（今广东梅州）人。提倡“诗界革命”，有《人境庐诗草》《日本杂事诗》等。1895年秋，当时黄遵宪被两江总督张之洞任命为江宁洋务局总办，来南京就职不久，面对当时的国内形势，作者心怀忧患，写下了这首长诗。

玄武湖歌和龙松岑

黄遵宪

大江滚滚流日夜，降幡屡竖石头下。
别有苍茫一片湖，山势周遭潮不打。
湖光十里擎风荷，游人竞说安乐窝。
船头箫管驴背酒，吴娘楚客时经过。
城南暑郁蒸如瓮，汗雨横流湿衣缝。
笳鼓欣停战伐声，篷船合作清凉梦。
一客新自天边来，一客卧起丛书堆。
承平公子文章伯，酒龙诗虎争崔嵬。
天风浩浩三万里，吹我犯斗星槎回。
河山不异风景好，今者不乐何为哉？
江城明媚雨新霁，菱叶莲蓬送香气。
井阑莫问燕支山，钟声尚认鸡鸣埭。
闲闲十亩逍遥游，莽莽六朝兴废事。
珠楼绮阁未渠央，青盖黄龙奈何帝。

盛衰漫唱百年歌，哀乐且图今日醉。
酒波光溢金叵罗，银鲈锦鸭甘芳多。
强颜作欢攒眉饮，茫茫对此如愁何。
夕阳映郭空波明，柳丝漾绿芦芽青。
平生旧游在吾眼，仿佛上野湖心亭。
美酒肥牛酣大嚼，头冠腰箭恣欢谑。
遥想将军渡海归，想从凯唱从军乐。

康有为（1858—1927） 晚清思想家、教育家，改良主义的代表人物。原名祖诒，字广厦，号长素，又号更生，广东南海（今广东佛山）人，人称“康南海”。与梁启超发起著名的“公车上书”。著有《新学伪经考》《大同书》《康南海先生诗集》等。这首诗作于清光绪八年（1882）康有为初游金陵（今江苏南京）时。

游金陵明故宫及孝陵秦淮旧板桥

康有为

夕阳老柳板桥楼，颓尽明宫落瓦秋。
虎踞龙蟠犹有梦，摩挲翁仲立螭头。

丘逢甲（1864—1912） 晚清诗人、教育家、抗日保台志士。字仙根，号蛰仙，祖籍广东，生于台湾。《谒明孝陵》共4首，首次刊发于1912年1月11日上海《民立报》。1911年武昌起义爆发后，各省纷纷响应。同年年底，参加起义的十七省代表在南京的江苏咨议局举行会议，商议组建临时政府事宜。丘逢甲作为广东省代表，赴宁参会，1912年1月，拜谒明孝陵，并写诗抒发对中华振兴的热切期盼。

谒明孝陵（四首选一）

丘逢甲

郁郁钟山紫气腾，中华民族此重兴。
江山一统都新定，大纛鸣笳谒孝陵。

谭嗣同（1865—1898） 晚清思想家、维新派代表人物，“戊戌六君子”之一。字复生，号壮飞，湖南浏阳人。《金陵听说法诗》写于光绪二十二年（1896），当时他以江苏候补知府的身份来到南京，结识了金陵刻经处的杨仁山居士，当年八月吴雁舟来南京，与杨仁山一起讲论经义，这组诗即记录此事。

金陵听说法诗（四首选一）

谭嗣同

吴雁舟先生嘉瑞为余学佛第一导师，杨仁山先生文会为第二导师，乃大会于金陵，说甚深微妙之义，得未曾有。

文殊师利维摩诘，一一云中自出音。
各各分途戒定慧，亭亭三界去来今。
乾坤尚毁易何有，神鬼不知心所深。
愿为恒沙留蒴偈，依然建业暮钟沈。

周祥骏（1870—1914） 晚清诗人、学者。字仲穆，号更生，又号风山，江苏睢宁人。1909年与柳亚子等在苏州虎丘创立南社。辛亥革命后，任第一军一等军事顾问官。有《更生斋诗文集》。这首五言律诗抒发了作者登临燕子矶的感受。

登燕子矶

周祥骏

今旦凌风上，昨宵破浪来。
江沄吞绝涧，海日荡层台。
怪石撑天立，孤亭倒地开。
碑端遗字迹，谁识谪仙才。

林之夏（1878—1947） 诗人、书画家。字凉生，又字亮生，福建闽侯（今福建福州）人。毕业于福建武备学堂，早年加入中国同盟会，辛亥革命后，任南京临时政府中央第一师师长等。诗作数量很多，有《海天横涕楼集》。《莫愁湖》共两首，这是第一首，写郁金堂，借景抒情，委婉表达了自己的革命情怀。

莫愁湖（二首选一）

林之夏

美人迟暮谁容悦，兰芷秋江只自芳。
无数南朝新乐府，千秋独唱郁金堂。

于右任（1879—1964） 政治家、教育家、书法家。原名伯循，字右任，陕西三原人。国民党元老，参与创办复旦大学等多所高校。著有《右任文存》《右任诗存》《右任墨存》等。1912年南京临时政府成立，于右任任交通部次长，这首诗就是他在南京时所作。此诗写1911年11月江浙联军在雨花台与清军展开激战，迫使清军残部从汉西门渡江北逃之事。

雨花台

于右任

铁血旗翻扫虏尘，神州如晦一时新。
雨花台下添新泪，白骨青磷旧党人。

陈独秀（1879—1942） 文学家、政论家。字仲甫，号实庵，安徽怀宁人。五四新文化运动与文学革命的倡导者之一，中国共产党早期领导人。主要著作收入《独秀文存》等。这首诗写于1941年秋天，通过回忆20年前的意气风发，反衬20年后的惆怅之情。

对月忆金陵旧游

陈独秀

匆匆二十年前事，燕子矶边忆旧游。
何处渔歌惊梦醒，一江凉月载孤舟。

林述庆（1881—1913） 诗人、革命军将领。字颂亭，又作松亭，福建闽侯（今福建福州）人。早年加入同盟会，辛亥革命期间担任镇军都督，12月2日率军首先攻入南京城。有《江左用兵记》《林松亭遗诗》等。天堡城位于南京太平门外紫金山西峰山顶，是太平天国时期修筑的军事要塞。这首诗意气雄健，记录了革命军1911年攻克天堡城后作者的喜悦心情。

破天堡城马上口占

林述庆

大好乾坤付战尘，六朝风月伴吟身。
依依无恙钟山树，应认江南旧主人。

鲁迅（1881—1936）　文学家、思想家、教育家，中国现代文学奠基人之一。原名周树人，字豫才，浙江绍兴人。其一生在文学创作、文学批评、思想研究、文学史研究、美术理论等多个领域作出重大贡献，对于五四运动以后的中国社会思想文化发展具有重大影响。有《鲁迅全集》多个版本。《无题》作于1931年6月 。第一首含蓄地描写了国民政府内部钩心斗角的闹剧。第二首委婉地表达了对被国民党当局杀害的革命烈士的深切怀念。

无　题（二首）

鲁迅

大江日夜向东流，聚义群雄又远游。
六代绮罗成旧梦，石头城上月如钩。

雨花台边埋断戟，莫愁湖里余微波。
所思美人不可见，归忆江天发浩歌。

余天遂（1882—1930） 诗人、书画家、教育家、医生。原名寿颐，字祝荫，号荫阁，江苏昆山人。民国元年（1912），曾任中华民国临时大总统孙中山的秘书。《初发金陵》写于辛亥革命胜利之时，表达了作者昂扬奋发的革命情怀。

初发金陵

余天遂

钟山高拥石头城，虎踞龙蟠旧帝京。
地势不须说天堑，共和战胜在民情。

程潜（1882—1968）　国民革命军将领。字颂云，湖南醴陵人。早年留学日本，加入中国同盟会。这首诗是作者拜谒中山陵后所写，时间大约在20世纪30年代，写谒陵情景，讴歌孙中山的伟大业绩。

初春谒陵

程潜

钟山起陵园，功烈纪唐尧。
清旦欣淑候，肃驾趋东郊。
层台俯阜峦，高冢仰岧峣。
华表峻而安，磴道迢且遥。
大江如可引，群峰俨来朝。
长林蔚苍翠，佳气贯斗杓。
悠悠郁情抱，懔懔怀春膏。
神灵若对越，敢惮登陟劳。

吕碧城（1883—1943） 诗人、社会活动家。一名兰清，字遁夫，法号明因、宝莲，安徽旌德人。中国女子教育的先驱，中国女权运动的首倡者之一，中国第一位动物保护主义者，中国新闻史上第一位女编辑，与秋瑾并称为“女子双侠”。著有《吕碧城集》《信芳集》《晓珠词》《欧美纪事》等。

游钟山和省庵

吕碧城

春阑杂树未凋红，胜境留人似桂丛。
云意远含疏密雨，岚光高受去来风。
移文早勒北山北，避地何劳东海东。
棋局长安浑不定，只应都付烂柯中。

苏曼殊（1884—1918） 作家、画家、翻译家。原名戬，字子谷，号曼殊，广东香山（今广东中山）人，生于日本横滨，后削发为僧。能诗擅画，通晓日、英、梵等多种文字，参加华兴会、同盟会和南社。柳亚子将其作品辑为《苏曼殊全集》。

莫愁湖寓望

苏曼殊

清凉如美人，莫愁如明镜。
终日对凝妆，掩映万荷柄。

杨介清（1884—？） 生平不详。此诗发表在《小说海》第3卷第2期（1917年），作者注云："年十七应庚子科江南乡试。"1905年，清政府废除科举，江南贡院风光不再。作者1900年（庚子年）参加乡试，1915年（乙卯）故地重游，眼见贡院荒芜，感慨而系之。

乙卯春过贡院有感

杨介清

不度秋风十五年，冷闹深锁寂无烟。
虹栏没草飞桥断，蛛网添丝矮屋悬。
罢赋蘋蒿谁食野，丛生荆棘上参天。
可怜锦绣文场地，那及青楼尚管弦？

吴梅（1884—1939）　戏曲理论家、教育家。字瞿安，号霜厓，长洲（今属江苏苏州）人。历任北京大学、东南大学、金陵大学等校教授。著有《顾曲麈谈》《霜厓文录》《曲学通论》《中国戏曲概论》《元剧研究》等，又作有传奇、杂剧多种。旧贡院，即江南贡院。这首曲写于1925年左右，作者借贡院的荒凉来抒发自己的感慨之情，余韵悠长。

商调·山坡羊·过旧贡院

吴梅

明远楼更筹都废，至公堂风霜未圮。二十年乡科早停。想当时短尽书生气。秋草肥，秦淮花月非。便几间矮屋，历遍沧桑矣。身外浮名，人间何世，东西文场改旧基，高低层楼接大堤。

黄侃（1886—1935） 语言文字学家。字季刚，晚号量守居士，湖北蕲春人。师事章太炎，曾游学日本，归国后先后任教于北京大学、山西大学、中央大学、金陵大学等。著有《音略》《说文略说》《尔雅略学》《文心雕龙札记》《日知录校记》《黄侃论学杂著》等。高座寺在南京城南雨花台梅冈上，建于南朝，寺后有石子岗，亦名玛瑙冈。这首词用语平常而寄意深远，词论家叶恭绰以“高华”二字评之。

小重山令·二月二十五日寒食游高座寺

黄侃

马脑冈头石径微。寂寥高座寺，掩柴扉。种松几度旋成围。人何在？春物镇芳菲。

青史事多违。梅陵留庙祀，也崔巍。野棠如雪落还飞。南朝梦，一例付斜晖。

黄侃 等 据程千帆《闲堂文薮》，1929年元旦，黄季刚（黄侃）和陈伯弢、王伯沆、胡翔冬、胡小石、汪辟疆与王晓湘七位中央大学、金陵大学教授在鸡鸣寺豁蒙楼上诗酒联句，手迹由程千帆保存下来。

豁蒙楼联句

黄侃、陈伯弢、王伯沆、胡翔冬、胡小石、汪辟疆、王晓湘

蒙蔽久难豁（弢），风日寒愈美（沆）。
隔年袖底湖（翔），近人城畔寺（侃）。
筛廊落山影（辟），压酒潋波理（石）。
霜林已齐髡（晓），冰花倏缬绮（弢）。
旁眺时开屏（沆），烂嚼一伸纸（翔）。
人间急换世（侃），高遁谢隐几（辟）。
履屯情则泰（石），风变乱方始（晓）。
南鸿飞鸣嗷（弢），汉腊岁月驶（沆）。
易暴吾安放（翔），乘流今欲止（侃）。
且尽尊前欢（辟），复探柱下旨（石）。
群履异少年（晓），楼堞空往纪（弢）。
浮眉挹晴翠（沆），接叶带霜紫（翔）。
钟山龙已堕（侃），埭口鸡仍起（辟）。
哀乐亦可齐（石），联吟动清沘（晓）。

柳亚子（1887—1958） 文学家、社会活动家。原名慰高，字安如，改字亚子，吴江（今江苏苏州）人。1909年冬创办南社。毕生从事文学创作、文化宣传和政治活动。著有《南社纪略》《怀旧集》等。《题太平天国战史》作于1905年。《重谒中山先生陵寝恭纪一律》作于1928年8月，柳亚子以中央监察委员身份出席国民党第二届五中全会，再次拜谒中山陵。

题太平天国战史（六首选一）

柳亚子

楚歌声里霸图空，血染胡天烂漫红。
煮豆燃萁谁管得，莫将成败论英雄。

重谒中山先生陵寝恭纪一律

柳亚子

白虎金精剑气开，招邀俊侣又重来。
旷观马列三千界，掩迹华拿第一才。
六代江山供屏障，三民主义岂沉霾。
焄蒿肃穆神灵在，敢效兰成赋大哀。

汪辟疆（1887—1967） 目录学家、藏书家。原名国垣，字笠云，号方湖，江西彭泽人。曾任中央大学、金陵大学、南京大学教授。有《光宣诗坛点将录》《近代诗人述评》《目录学研究》《唐人小说》《方湖类稿》等。后湖即玄武湖。这首诗写于1935年，汪东的侄子汪星伯为祝贺汪东45岁生日，绘制《后湖看花图》，汪辟疆为之题诗。

后湖看花图

汪辟疆

北渚阻城闉，未觉江湖远。
花时共经过，冷处偏着眼。
新荷未出水，繁樱正飞幰。
钟山与鸡笼，倒影入茗碗。
吾宗淡定人，幽赏每忘返。
阿咸出新意，逢吉写图卷。
此真濠濮情，亦复得萧散。
题诗践宿诺，春事犹未晚。
何当办一壶，醉倒同山简。

汪东（1890—1963）　词人、学者。原名东宝，后改名东，字旭初，号寄庵、寄生、梦秋，江苏吴县（今江苏苏州）人。早年留学日本，追随孙中山先生。曾任江苏省都督秘书、中央大学教授等。有《汪旭初先生遗集》《梦秋词》。《虞美人》见于汪东《梦秋词》卷1《餐英集》，作于1936年前，是作者任职南京时，参观北极阁气象台所写的作品。

虞美人

汪东

登北极阁故址，今为气象台。

高秋与我襟怀好，落叶纷如扫。天风吹上九层台，但见连山如垤水如杯。

明明河汉通微路，也拟骖鸾去。沉思依旧住人间，上界仙官不似散人闲。

陈寅恪（1890—1969） 诗人、学者。字鹤寿，江西义宁（今江西修水）人，生于湖南长沙。先后任教于清华大学、西南联大、中山大学等。著有《隋唐制度渊源略论稿》《唐代政治史述论稿》《元白诗笺证稿》《金明馆丛稿》《柳如是别传》等。这首诗是陈寅恪旅英后于1946年春所作，道出了忧国怀乡之情。

南 朝

陈寅恪

金粉南朝是旧游，徐妃半面足风流。
苍天已死三千岁，青骨成神二十秋。
去国欲枯双目泪，浮家虚说五湖舟。
英伦灯火高楼夜，伤别伤春更白头。

续范亭（1893—1947） 国民革命军将领、诗人。名培模，号恕人，山西崞县（今山西原平）人。有《续范亭诗文集》等。此诗写于1935年，当时为抗议国民党不抗日，作者到中山陵前剖腹自杀，这是其五首绝命诗之一。

谒中山陵

续范亭

谒陵我心悲，哭陵我无泪。
瞻拜总理陵，寸寸肝肠碎。
战死无将军，可耻此为最。
腼颜事仇敌，瓦全安足贵？

毛泽东（1893—1976）　伟大的马克思主义者，无产阶级革命家、战略家和理论家，是马克思主义中国化的伟大开拓者。字润之，湖南湘潭人。这首慷慨激昂的七言律诗，创作于1949年春天，写于北京香山双清别墅，记录了人民解放军百万雄师渡过长江天堑、占领南京这一事件，表达了解放全中国的必胜信念，字里行间流露出领袖的豪迈气概和旷世才情。

七律·人民解放军占领南京

毛泽东

钟山风雨起苍黄，百万雄师过大江。
虎踞龙盘今胜昔，天翻地覆慨而慷。
宜将剩勇追穷寇，不可沽名学霸王。
天若有情天亦老，人间正道是沧桑。